洋眼看中国

My Pondering
Over Chinese Literary
Classics

趣谈中国文学经典

［日］奥野信太郎 著

王新民 梁 玥 译

上海三联书店

奥野信太郎

奥野先生与中国文学
（代序）

村松暎①

　　初次见到奥野信太郎先生，是我进入庆应义塾大学读预科一年级的时候。那一年应该是 1941 年，已经是将近三十年前的事情了。当时，先生经常休讲。我们就趁着这个机会，跑到校园里打垒球玩。不过，学生们并不情愿看到先生休讲，大伙都喜欢听他的课。他的课特别好玩，真的，我还从来没有遇见过能把汉文学课讲得那么生动有趣的老师呢。我从预科升入学部②，选择中国文学专业，也是受奥野先生的感染。可是，那年的 12 月，我被征召入伍，不得不中断了学业。

　　我正式成为先生的弟子，是四年之后，也就是 1947 年秋天。看得出来，对于我的平安复学，先生由衷地感到高兴。不过，当时我做梦也没有想到，自己竟然能够与先生成为生死之交。

---

① 村松暎（1923—2008）：日本的中国文学研究家、作家，庆应义塾大学名誉教授，日本著名作家村松梢风的四子。他在庆应义塾大学读书时，师从奥野信太郎。著有《醫说史记》《五代群雄传》等。
② 学部：日本对大学本科的称呼。

这么说着说着就涉及先生的私人话题了。不过，有一点是可以确定的，那就是我是因为先生的课有趣，才迷上中国文学的。先生是一个特别洒脱有趣的人，口才也是百里挑一的，所以，不管什么时候听他讲话都会感到妙趣无穷。不过这也就带来了一个问题：我们跟着先生学习非常困难。因为除了教室，先生在其他地方是一概不谈学问的。当我们闲聊时，先生偶尔也会触及中国文学的话题，这时，他就会将自己独到的见解、他对某些人物或作品的评价，娓娓道来，轻松自如，不费吹灰之力。说实话，想跟着先生做学问，要是抓不住这样一些转瞬即逝的机会，是不会有什么长进的。只要略微一疏忽，瞬间的机会就溜走了。先生讲得绘声绘色，我们听得饶有兴致，哪儿还有心思特意去记录先生随口而出的珍贵"学问"呢。我们这帮糊里糊涂的学生，总是对他说的那些笑话特别感兴趣，而疏忽了他笑话当中的重要内容。现在回想起来实在是后悔不已，可世上哪来"后悔药"可吃呢？

先生写作可谓勤奋，但他写的全都是随笔文章。先生是以随笔家著称的，所以，以创作随笔文章为主业，也无可非议。可以这样认为，随笔文章是最适合先生的一种文学形式吧。先生最讨厌的事情，就是写那些拙劣的学术论文。先生的学问，就与闲聊时一样，是夹杂在他的随笔文章中的，因此他就连一本遗世的中国文学研究专著都没有。作为他的弟子，我们一方面不免有些遗憾，另一方面，还得承受那些不了解先生在中国文学研究领域重要价值的人们的非议。但是，各人自有各人的活法，奥野先生的性格决定了他的人生方向，也不是别人能够勉强得了的。说到底，先生的人生道路是自己的抉择，是别人想模仿也模仿不了的一种独特的活法，因而显得特别精彩。

如上所述，直到去世，先生都没有写过一本有关中国文学研究的专著。这一册书，从某种意义上可以说是一个例外吧。我甚至觉得，先生去世之后，出版这本书的事情被提上了议程，或许就是我的命运使然吧。

奥野信太郎先生从 1964 年 1 月 20 日开始，在 NHK 广播电台 FM 频道《早间讲座》节目中做有关中国文学的讲座，本书即是根据讲座的速记稿整理而成的。早在讲座刚结束的那会儿，大伙儿就提起过这本书的出版问题。记得，那还是几年前，我亲眼看见先生把这本书的速记稿放在桌子上，道：

"这个稿子还得再做加工啊。"

在那之后，每当暑假快到的时候，先生都会说：

"今年暑假可得把这本书稿弄出来啊。"

去年暑假开始前，他是这么说的。今年暑假开始前——啊，要是他还活着的话，肯定也还会这么说的。

可是，整理并出版这本书稿的工作，最终还是决定由我来做，并且排上了日程。对于我来说，这本书当中积淀了过多的悲伤。阅读先生的书稿，我的眼前总会浮现出先生的音容笑貌。不知有多少回，都觉得先生就站在我的身旁，笑眯眯地对我指点着什么。

整理先生的书稿，我特别留意要尽量保存原稿的风格和情趣。我发现，先生在节目中讲中国文学作品的时候，非但没有讲稿，甚至可能连一份像样的提纲都没有。他就那么坐在话筒前面，凭着自己的记忆，将那些美妙而艰深的中国文学故事娓娓道来，挥洒自如，谈笑风生。这真是一件不可思议的事情。直到现在，每每想起，我都感叹不已。先生是个特别低调的人，他的在天之灵若是知道自己的弟子这么夸他，一定会不高兴的。所以，我就暂且打住吧。

奥野先生是今年1月15日去世的，至此已经过去了将近半年时间。那天早上，他出门去为"成人式典礼"做演讲，回来的途中就去世了。先生真是匆匆离去，什么都没有来得及向我们这些弟子交代。先生今年六十八岁，照常理来看，他还没有到寿终正寝的年纪啊。先生平时身体很好，活跃敏捷，能吃能喝，完全看不出是位年过花甲的老年人。与先生相比，我们这帮人真是望尘莫及。如今回想起来，在这之前，先生曾经有过一些疾病发作的征兆，可他本人还有身边的人都被他健壮的外表蒙骗了，没有重视预防与养生。现在说这些，除了悲痛之外，再也没有别的用处了。

最近一个月以来，我集中精力编辑先生这本有关中国文学研究的遗作。没想到，在有生之年，我还能有这样一个与先生打交道的机会。书稿的编辑眼看就要完成了，可对于那些我力所不能及的地方，却不知道如何是好。先生要是还活着，想必他会笑眯眯地看着我道：

"编得不错啊，这本书托付给你就对啦。"

目 录

奥野先生与中国文学（代序）

《诗经》与《楚辞》

　　我认为,《诗经》不仅是中国,也是世界上最早的诗歌总集。经常翻阅中国古代书籍,就会发现里面经常会出现"诗曰""书曰""易曰"一类的词语,实际上这个"诗"指的就是《诗经》,"书"指的是《书经》,"易"指的是《易经》。由此可以看出,这个"经"字是后来才出现的,大家最初读的就是《诗》《书》《易》。到了当代,一说这个"诗"字,我们通常理解它就是一个普通的名词。其实,在中国古代,"诗"这个字,就是中国最古老的诗集《诗经》的简称。

　　《诗经》收集的主要是西周时期的诗歌。目前,学术上普遍的说法是,《诗经》中的诗歌的体裁是在西周至东周期间形成的。因为它描写的内容是约公元前 11 世纪到前 6 世纪之间的事情,所以,《诗经》被普遍认为是中国最早的诗歌总集。

　　众所周知,兴起于现在陕西的周国,在击败了位于河南的殷商之后,建立了以陕西、河南一带为中心的国家。它所管辖的范围横跨陕西、甘肃、河南、河北、山东等地。关于《诗经》编订的问题，可谓众说纷纭，但形成的共识是，最初的《诗经》大约有三千多首诗歌。孔子在编纂《诗经》时，从中选出对社会有益的内容，整理成集，这些也就是现在流传下来的305首诗歌。因为是孔子删诗成册，所以也有"孔子删诗说"。在人们的意识里，只要谈及中国古典，那必与孔子有关，这好像是儒教得势之后的一个惯例。当然，这个说法也并非无凭无据。不管怎么说，"孔子删诗书"的说法是成立的。原来三千多首诗歌，现在只剩下305首了，留下了差不多十分之一，世人简称"诗三百"。

《汉书·艺文志》是中国最早的史志目录，属于文化总览一类的文献。"采诗官"的说法，就源自此书。据传，周朝设有专门的采集诗歌的官员，他们巡游各地，采集民间歌谣，以体察民俗风情、政治得失。但是关于周朝是否真的有采诗官这类官职，到目前为止，我们还没有看到更权威的记载，所以说，"采诗官"的存在无从考证。我认为，《诗经》中那些原始的诗歌，是周朝的宫廷诗人们从民间收集整理而来的。为什么这么说呢？因为《诗经》收录了大量的民谣。我们知道，民谣大多用的是各地的方言，可《诗经》里诗歌的语言却是统一的。

从语言的统一性上来看，我们可以推断出，即使是民谣，经过宫廷诗人的手，也将方言修改成了统一的文体。有关专家的研究成果表明，大概在公元前770年左右，西北方的犬戎族侵入华夏，造成深重的灾难。战乱之后，开始了文化的复兴。《诗经》的原型大概就是那个时期的产物。

《诗经》有"诗经六义"之说。在东京的本乡①有座六义园②，以前是柳泽吉保③的府邸。据说，这座庭园的样式就是按照和歌的六种体裁而设计的。这六种体裁被称为《诗经》的"六义"，即"风、雅、颂、赋、比、兴"。据《诗经》序言介绍，所谓"风"指的是"国风"，也就是现在所说的民谣。据粗略统计，"国风"大概有160篇；所谓"雅"指的是在宫廷宴会上表演的诗歌，共有105篇；所谓"颂"指的是皇帝和诸侯等祭祀祖先用的歌，内容一般是歌颂祖先的功业，共40篇。这305篇诗作被称为"风、雅、颂"。

　　刚才我们所提到的"风、雅、颂"，可以说是诗歌的三种形式，那么"赋、比、兴"是什么呢？确切地说，应该是诗歌的三种表现手法。"赋"就是直接铺陈叙述，比如"今天是个好天气"，就属于铺陈叙述。"比"就是比喻，例如"那个人长得像松树一样高"，就是把"那个人"比喻成"松树"。"兴"从现在修辞学的角度来说，就是隐喻——凡事不直接表达，而是用其他东西引出要说的内容。比如，"竹枝上的麻雀身形妙曼，我心中的暗恋欲割难断"，这就属于隐喻的一种。假如要用更文雅的方式来表达的话，那就是"犹如天空飘洒的雨丝，我的心也泪如雨注"，这是含有淡淡哀愁的感情色彩的表达方式。"春日野④上叹秋风，嫩草妻子⑤花烛间。我与新娘

---

① 本乡：位于日本东京都文京区东部的地名。
② 六义园：位于日本东京都文京区的都立公园。
③ 柳泽吉保（1704—1758）：日本江户中期的文人画家，擅长以写生为基础的浓彩花鸟画，指头画尤为出色。有绘画作品《彩竹图》、文学著作《一人独睡》等传世。
④ 春日野：日本奈良市春日山麓一带的原野。
⑤ 嫩草妻子：日本民间对新婚妻子的别称。

共蹁跹"中的"嫩草妻子",就是日本和歌的一种修辞手法。这句和歌描写的是春天,也写出了妻子的年轻美貌,以及他们新婚蜜月的幸福。用隐喻的方式来表达,这就叫作"兴"。以上就是《诗经》中"风、雅、颂、赋、比、兴",这"六义"的全部含义。

我认为,《诗经》里最有意思的部分应该是民谣,即"风"。"风"大概遍及十五个国家。据统计,那个时期,在中国的大地上大概有十五个国家,这些国家都很小,且大都分布在黄河流域。从这些国家采集来的民谣,可谓妙趣横生,最为动人。

关于《诗经》的研究,葛兰言①提出了独到的有价值的见解。他说,因为中国是农耕民族,所以《诗经》所描述的内容与农村的祭祀活动有很大关系。他还出版了《诗经》研究的相关作品。我认为,葛兰言的研究使得《诗经》的研究上升到了一个新的高度。《诗经》中尤其是"国风"部分的诗歌,完全可以解释为与祭祀活动相关的文艺诗。比如,以麒麟的脚为题目的诗歌,被称为《麟之趾》。这首诗描写了麒麟角、麒麟额头等,以祈求多子多孙。这样的阐释在有些人看来,可能觉得牵强附会,但我认为,这可能是在祭祀活动中人们抬着麒麟形状的物体在村里缓慢游行时唱的一首歌。这样一来,就能理解这句话是祈求子孙昌盛的意思了。

另外,还有一首诗歌讲述了召公②曾经在梨棠下休息过,所以

---

① 葛兰言(1884—1940):20世纪法国著名的社会学家和汉学家,致力于中国古代社会、文化、宗教和礼俗的研究。

② 召(shào)公:名姬奭(shì),也称召伯,又称召康公。召公是周文王姬昌的庶子,周武王姬发、周公姬旦的异母兄弟。周武王灭掉商纣王以后,把召公封在北燕,是后来燕国的始祖。

不要随便修剪砍伐梨棠树的故事。事实上，召公并非真的在梨棠树下休息过，只是在那个村里休息过。这种象征意义就相当于日本典故中弁庆①坐过的石头一样。我认为，这首诗歌讲述的是一个有关梨棠树传说的神圣故事，也是一首有信仰色彩的民谣。人们在歌唱这首民谣的同时，一定会伴之以简单的舞蹈吧。这与祭祀活动中表演的文艺诗有异曲同工之妙。

"国风"共有 106 篇，其中与祭祀有关的文艺诗随处可见。要是从这个角度重新审视《诗经》的话，就会觉得非常有意思而且容易理解。这仅仅是我的想法，估计会有人不赞同我的看法，但没有关系，因为我是从民俗学的角度分析《诗经》，特别是"国风"这部分诗歌的特性的。

下面，我想谈一下民俗文化这个话题。除"国风"之外，"雅"和"颂"，即"雅"的 105 篇诗歌、"颂"的 40 篇诗歌，其中有许多作品是符合民俗学观点的。比如，经常能在"雅"中看到巫师所唱的巫歌，当然"颂"中也能看到此类描述。"雅"和"颂"可能是当时宫廷诗人所编订的，但这些诗歌带有很浓厚的古代巫歌的色彩。

有人把《诗经》称为《毛诗》②，这是为什么呢？因为现在我们所读到的《诗经》，就是汉代毛亨和毛苌（cháng）流传下来的。③

---

① 弁庆：即武藏坊弁庆，日本平安时代末期僧兵，源义经的家臣，是日本武士道精神的传统代表人物之一。
② 《毛诗》：在《诗经》流传过程中曾经出现过四家版本即"四家诗"，到后来只剩下"毛诗"一家流传至今。"毛诗"指的是鲁国毛亨和赵国毛苌所辑注的《诗经》。
③ 毛亨与毛苌都是西汉时期古文诗学"毛诗学"的传授者，世称"大毛公"和"小毛公"，现存《诗经》即是毛亨与毛苌注释所传。

日本学者们对《诗经》的来龙去脉也是了解的。在汉代，曾出现过很多传授《诗经》的流派，除了《毛诗》之外，还有《鲁诗》①《齐诗》②和《韩诗》③，亦被称为"三家诗"。之后，"三家诗"逐渐失传，仅毛家所讲习的《诗经》独传于世。

各家流派讲习《诗经》，在语句上或多或少都存在差异。读某些书籍时，发现它们所引用的"三家诗"，表述各有不同。由此，我们可以看出，《诗经》在诗义、说明、文字、解说等方面，经历了漫长的历史演变，最后归为《毛诗》。也正是因为有了《毛诗》这305篇诗歌的传承，才使得我们有幸目睹《诗经》这部辉煌著作。

《诗经》的一大特点，就是几乎每句都是由四个字构成的。后来，中国慢慢出现了五言诗和七言诗。但是，在五言诗和七言诗出现之前，一句诗都是由四个字构成的。可以说，这种体裁是《诗经》流传下来的。

历代对《诗经》的研究从未间断。不过，我以为，这项研究今后还会有更大的发展空间。诚如前面所提到的葛兰言关于《诗经》的研究成果，今后的《诗经》研究将会围绕大地和农村生活等方面来展开。

下面，我来说说地位可以与《诗经》相提并论的文学巨著《楚辞》。

---

① 《鲁诗》：中国今文经学派所传《诗经》之一，汉初鲁人申公所传。此后传《鲁诗》的有瑕丘江公、刘向等。西汉时传授最广，至西晋亡佚。
② 《齐诗》：中国今文经学派所传《诗经》之一，汉初齐人辕固所传。汉景帝时立为博士，成为官学。
③ 《韩诗》：中国今文经学派所传《诗经》之一，汉初燕人韩婴所传。汉文帝时立为博士，成为官学。

展开中国地图就会发现，在中国的南方，有一个浩瀚无垠的淡水湖——洞庭湖。从前，以洞庭湖为中心，那里有一个叫作"楚"的国家。相传，当时楚国形成了有别于北方的另外一个文化圈，诞生了一部独特的文学作品《楚辞》。从内容来看，《楚辞》是一部能与《诗经》相媲美的古代文学巨著。

　　那么，《楚辞》究竟是谁编写的呢？据说《楚辞》最初是以屈原为代表的楚国人创作的。提起屈原，可以说，即使在当今中国，也是备受瞩目的人物。郭沫若曾经编写过有关屈原的话剧，一直非常流行。即便是在日本，这个话剧的译本也多次被搬上舞台。司马迁的《史记》一书中就有关于屈原的记载，这是现存有关屈原的人最早的完整史料，是研究屈原生平的重要依据。屈原大概出生于公元前340年，也就是楚宣王在位的第三十年的正月初七。他享年六十岁。

　　据史料记载，屈原担任过楚怀王的左徒一职。对于左徒的职掌及官阶等情况，《史记》及其他文献都没有明确的记载。但屈原是皇室的一员，是楚怀王的亲戚，这一点是可以确定的。当时，各国在外交和军事上实施合纵连横的策略，所以，"亲秦派"与"反秦派"之间，围绕着秦这个强大的国家，展开了激烈的斗争。当时楚国的政界也分成了"亲秦"与"反秦"两派，屈原属于"反秦派"。经过斗争，"反秦派"失败了，屈原就被罢免了。接着，屈原被流放。最终，他因痛恨楚国政治的腐朽黑暗、统治者的昏庸冷酷，感伤国家的败亡和山河破碎，悲愤绝望至极，投汨罗江殉国。我认为，屈原被罢免之后，描写自己心中苦闷的诗歌与但丁的《神曲》有异曲同工之妙。屈原的作品被收录在刚才我所介绍的《汉书·艺文志》里，被称为《屈原诗二十五篇》，也就是说，屈原的诗歌有25篇。

《楚辞》这本书里收录了各种各样的作品，其中包括《离骚》《九歌》《天问》《九章》《远游》《卜居》《渔夫》等，尽管这些作品被认为是屈原的作品，但仍然无法判定哪些是真正的屈原的作品。

　　《楚辞》中的《离骚》是一篇特别长的诗歌，全篇有2490字。开篇就非常庄严大气："摄提贞于孟陬兮，惟庚寅吾以降。皇览揆余初度兮，肇锡余以嘉名。名余曰正则兮，字余曰灵均。"意思是：寅年寅月寅日，我出生于这片大地。父亲非常高兴，给我取名为"灵均"。诗中的主人翁与日本的光源氏①一样聪敏伶俐，少年时就表现出过人的才华。成人之后，他开始寻找自己的另一半，但没有找到。于是，他就佩戴香草，还换了一件衣裳，继续寻找。从太阳升起的地方登上了昆仑山顶，见了西皇，找遍了所有的地方，最终还是没有找到。于是，他开始对人世间绝望，最后以升天了却了自己的一生。

　　有人说，《离骚》就是用比喻的方法，来抒发作者内心炽热的感情。它用美丽的花儿比喻人的美德，用杂草暗喻那些失德的行为。文中"常常思恋的美人"，便是楚国的国君。但我认为这样的解释过于平淡，并没有真正刻画出屈原最深刻的内心世界。我认为这部作品想告诉我们的是，一个胸怀大志的天才来到了人世间，他却处处碰壁，久而久之，就对人世间滋生出了绝望的情绪。于是，他又返回了自己"来"的地方。《离骚》所展示的世界，与日本的贵种流离谭②

---

① 光源氏：即源氏，日本古代文学名著《源氏物语》中的男主人公。

② 贵种流离谭：这是日本文学家折口信夫所创作的一种故事类型。他认为"贵种流离谭"是日本物语文学的重要原型之一。"贵种"指拥有高贵血统的人或年幼的神；"流离"则是因故流落他乡，并遭遇种种艰难的磨炼。

这种文学形式很相似。日本的《竹取物语》^①亦是如此，它将古代社会人们共同遵守的"通过礼仪"^②，作为规诫进行传授。《离骚》所起到的，大概也是这方面的作用罢。

《天问》讲述的是屈原到处徘徊闲逛的时候看到楚国的皇宫，皇宫里有各种各样奇怪的壁画。他看完这些壁画向天发问：它们究竟代表什么意思？这篇虽然叫作《天问》，但也可以说是"千古万古至奇之作"吧。《天问》的故事由 170 多个神话片段组成。比如，太阳上有三足鸟，这个究竟是什么意思？这部作品自始至终都采用问句形式。其中，"何""胡""焉""几""谁""孰""安"等疑问词交替使用，堪称奇作。虽然作品中出现了 170 多个神话片段，可我仍然认为这是一篇文艺诗。也就是说，发问部分可能是被唱出来的，不管是由主角来唱，还是由配角来唱，总之是要唱出来的。可作为回答的部分，则是通过哑剧或者舞蹈的形式表现出来的。所以，我认为与其说答案是被省略了，倒不如说是没有回答。总之，我认为《天问》是一部戏剧作品。

其次是《九歌》。《九歌》包括《东皇太一》《云中君》《湘君》《湘夫人》《大司命》《少司命》《东君》《河伯》《山鬼》《国殇》《礼魂》等十一篇，大多是与神或者祭祀神灵等有关的诗歌。我认为，把作品说成是屈原的个人作品似乎有些不妥，应该是在古代民间祭神乐歌的基础上加工而成的吧。

---

① 《竹取物语》：创作于 10 世纪初的日本最古老的物语文学作品。《竹取物语》开创了"物语"这一新的文学体裁，也第一次实现了日本语言与文字的统一。
② "通过礼仪"：也称"人生礼仪"，是指围绕一个人从出生、成人、结婚到死亡等生命历程中的关键时刻或时段而形成的一些特定的仪式活动。

《九章》包括九篇作品。依次为：《惜诵》《涉江》《哀郢》《抽思》《怀沙》《思美人》《惜往日》《橘颂》《悲回风》。由此可以推断，《九章》所讲述的内容既有前面所提到的《离骚》的片段，也有哀怜屈原的诗歌，还有屈原之后的其他人创作的作品。无论讲述的是什么内容，它们都与《离骚》一样古老。当然，这些作品也肯定是经过了反复修改之后，最后编集成书的。

　　为什么说屈原与《楚辞》有关系呢？尽管这部作品不全是他所作，却一直被当作是他的作品，深层的原因又是什么呢？因为我也不认为屈原是《楚辞》全部作品的作者，所以，兴趣才更加浓厚。毋庸置疑，屈原这个人是历史的真实存在，而且还是一位政治家。那《楚辞》作为浪漫主义文学被传承又是什么原因呢？实际上，《楚辞》就是南方楚国国君传播文学的一种载体。特别值得一提的是，屈原出身贵族，并担任大夫一职。若用日本的说法，对于楚君来说，他就是出身于世袭的家老职①家庭。从屈原在文学上的成就来看，我以为他的家族可能是楚国一个管理祭祀或传承文学的神圣的名门望族。

　　这么说来，管理《楚辞》之类的文学作品，可能是屈原家族当时在宫廷中的职责。这样一来，屈原与《楚辞》就有了天然的联系。同时，由于屈原的一生是悲剧的，充满了荆棘曲折，更容易造成这样的误解。

---

① 家老职：日本古代一种官僚体制的产物。家老，指武家的重臣，主宰家政，具有决断管理府中事务的权力。在日本的江户时代，一藩之中设置数名这样的家老职，多为世袭。

《楚辞》对后世产生了深远的影响。在那之后，敬慕屈原的人们开始模仿《楚辞》的形式创作各种各样的诗歌，由此开拓了新的文学体裁——辞赋。屈原之后的宋玉、景差、唐勒等人全部被载入了文学史册。我认为，对于宋玉、景差、唐勒等人是不是屈原的弟子这个问题，虽然还存有疑问，但可以肯定的是，他们扩大了《楚辞》的文学影响力。

　　汉代以来，辞赋文学得到了长足的发展。也可以这样说，《楚辞》因其思想内容的深刻和艺术表现的创新，在中国文学发展史上占有极其重要的地位，对后世文学也产生了深远的影响。"楚辞"这个词最先出现在《汉书·朱买臣传》里。尽管以前也可能被提及过，但从现存文献来看，最早的记载应该就是《朱买臣传》了。

　　我认为，《楚辞》这部古老的文学作品，既可以称得上"神秘"，又可以称得上浪漫。如果要追溯中国神秘主义文学或者浪漫主义文学的鼻祖，那《楚辞》应是当之无愧的。

　　在这里，我想说点题外话。我们都知道，屈原最终是投汨罗江而殉难的。《荆楚岁时记》①一书中，记载有这样的传说：农历五月初五，人们将包好的粽子投入汨罗江，用以慰藉屈原的亡灵。这个习俗不知何时也传入了日本，在五月初五那天，日本全国各地也会包粽子。我认为，这是一个很有趣的现象。

　　中国的端午节还有一个传统习俗，就是各地都要举行龙舟比赛。在日本的长崎，这样的划船比赛也是年年都有，据说也是为了

---

① 《荆楚岁时记》：南朝梁宗懔撰写的一部记载荆楚岁时习俗的著作，也是中国现存最早的一部专门记载古代岁时节令的专著。

慰藉屈原的亡灵。当然，这也可能是夏季祭祀活动，与屈原没有关系。但与粽子的传说一样，人们习惯跟屈原扯上关系，这也非常有趣。还有，人们喜欢将对屈原的思念与各种食物以及各种仪式联系在一起。这也许是世界各国都有的一种习惯。例如，在日本，人们不是也总喜欢将民众爱戴的英雄豪杰与各种活动联系在一起吗？就像前面我说到的有关弁庆、源义经的故事和传说一样，这也可以归结为人们的"英雄情结"。

《左传》与《史记》

　　今天，就让我们来说说有关古代历史文学的话题吧。我想先从《春秋左氏传》谈起。我认为《春秋左氏传》能够入选"世界十二大历史文学"，是实至名归的。可以说，它的地位和普卢塔克①所著的《希腊罗马名人传》难分伯仲。

　　那么，《春秋左氏传》到底是一本什么书呢？众所周知，中国儒家经典"四书五经"当中的"五经"，指的是《诗经》《尚书》《礼记》《周易》《春秋》。其中《春秋》一书，人们普遍认为作者是孔子，当然也有可能不是孔子。《春秋》是一部有关鲁国历史的编年体史书。虽说是历史书籍，但内容无聊枯燥，至今翻阅依然觉得索然无味。书中仅仅描述了哪年哪月哪里谁发起了战争，哪年哪月哪里

---

① 普卢塔克（约46—120）：罗马帝国时期的希腊作家、哲学家、历史学家，出身名门，信奉亚里士多德学派的哲学。传世之作有《希腊罗马名人传》。

的国王去世之类的事情，看上去就像年表或者历书一样，难免给人枯燥乏味的感觉，但其中的遣词造句蕴含着深刻的批判精神。

例如，在写某个国君去世这件事情时，书中会使用不同的字，是带有褒贬的意味的。是用"薨"字，还是用"亡"字，所表达的感情色彩是不一样的。说起春秋笔法①，其实就是用"春秋"二字来替代"批评精神"的一种委婉的表达方式。我们常常会看到"××春秋"之类的书籍名称，大概就是因为书中内容含有批评的成分，故而以"春秋"命名。

话说回来，虽然《春秋》内容枯燥，但是以此为素材所编著的《春秋左氏传》确是惊鸿之作。《春秋左氏传》究竟是一本什么样的书呢？它以《春秋》中那些"某年某月谁在哪里发动了战争""某年某月某个国君去世"这些条目为线索，阐释史实并展开描述。比如写战争，它会叙述战争因何而起、战争的经过等；比如写国君去世，就会详细交代国王的死因，等等。翻阅中国古代的小说，人们就会发现许多类似"谁谁做了什么事情"这样的长标题。我认为，《春秋左氏传》就是以《春秋》一书中某个事件作为标题，进而展开阐释事件始末的。

《春秋左氏传》简称《左传》，它以前面所说到的那些事件标题为"经"，以展开阐述的历史史实为"传"，全书就是以"经—传、经—传"这样的格式交替推进的，也就是说，它是按照时间（年月日）顺序来编排相关历史事件、记述史实的。《春秋左氏传》是中国

---

① 春秋笔法：孔子首创的一种历史叙述方法和技巧，或者说是一种语言艺术，即在文章的记叙之中表现出作者的思想倾向，而不是通过议论性文辞表达出来。

第一部编年史著作。但就我的感觉而言，它实为一部地地道道的文学书籍——这是《春秋左氏传》给我留下的第一印象。

关于《春秋左氏传》的编著时间，历来众说纷纭、莫衷一是。在日本，最著名的相关文献是津田左右吉①博士所编写的《左传的研究》，这是一本非常具有研究价值的著作。关于《春秋左氏传》的编著时间，我也无从断定。不过，因为《左传》里面有许多关于天文学的记载，所以，日本的历史学家兼天文学家新城新藏②博士与桥本增吉③博士等人曾经展开过激烈的论战。他们从天文学角度来推算《左传》的形成时间，可以说是各持己见。我对天文学一窍不通，所以也就很难判断他们孰是孰非。不过，虽然众说纷纭，有一点是能够取得共识的，那就是《左传》绝不是花费五年、十年就能编写成的，至少用了数十年的时间。高本汉④分析《左传》使用的语言，也得出了相同的结论。世上有很多人穷一生之力，只为完成一本著作。我想，《左传》就是这样吧。

《左传》的作者究竟是谁呢？据相关记载，《左传》是左丘明所撰。孔子倒是有过一个叫左丘明的弟子，但这个人与《左传》的作者左丘明不是同一个人。据司马迁《史记》序言记载，左丘明是一

---

① 津田左右吉（1873—1961）：历史学家，日本古代史研究第一人。日本史学家对津田左右吉推崇备至，奉他为历史学的巨匠。

② 新城新藏（1873—1938）：日本天文学者，理学博士。专攻宇宙物理学和中国古代历术，是二战前日本天文学研究的权威。

③ 桥本增吉（1882—1945）：日本史学家，庆应大学教授。以研究中国古代历法和《魏志倭人传》而著称。

④ 高本汉（1889—1978）：瑞典人，歌德堡大学教授、校长，远东考古博物馆馆长。他是瑞典最有影响的汉学家。瑞典将汉学作为一门专门学科而建立，他起了决定性的作用。

个盲人。对于这个说法，我很感兴趣。基于此，我推测在山东某地有个住满盲人的村子，那里的盲人都姓左。他们以口口相传的方式传述，传诵春秋时期的历史故事。

说起盲人，在日本也有个以说唱方式讲述《平家物语》[①]的琵琶法师[②]。关于《平家物语》的作者，有人说是小岛法师[③]，有人说是信浓前司行长[④]，也是众说纷纭。同样，《春秋左氏传》也可能是团体创作的结晶，也就是有一个创作的"作者群"。由此推断，《春秋左氏传》是一本费时几十年完成的著作，这种说法是比较恰当的。不管在中国还是在日本，都有盲人以口头传诵文学的现象存在。尤其在中国古代，盲人还具有把神灵意愿传达给人类的功能。所以，盲人对文学的传承起到了举足轻重的作用。汉朝分为"西汉"与"东汉"两个阶段，历史上也称"前汉"与"后汉"。《春秋左氏传》把这些口头文学作品收集成册，成书时间应该是在西汉时期吧。

《左传》当中有许多有趣的故事。其中有一个故事是这样的：国王在打猎的时候，突然有一头猪闯到了马车前面，这时，走投无路的野猪发出了犹如人类一样的哀号声。就在当天晚上，这个国王就被叛军杀死了。能看得出来，这讲述的其实是一个故事，而非历

---

① 《平家物语》：成书于13世纪的日本长篇小说，作者不详，记叙了1156—1185年间源氏与平氏的政权争夺。
② 琵琶法师：弹奏琵琶的僧侣盲艺人。出现于平安中期，活跃于镰仓、室町时代。开始只弹奏乐曲，后逐步加进说唱。镰仓时代，以说唱《平家物语》等军事文学作品而兴盛。
③ 小岛法师：日本南北朝时代的物语僧人，身世不详。按照《公定公记》中的记述，认为他是《太平记》的作者。
④ 信浓前司行长：生卒年不详。镰仓初期官吏，中山行隆之子，曾任下野守，后出家。据《徒然草》记述，拟为《平家物语》作者。

史。还有一个故事，说的是一对关系非常不好的王室兄弟，母亲偏爱弟弟厌恶哥哥。老国王去世之后，哥哥继位，他与母亲的关系继续恶化，并且发誓说，不到黄泉（不到死后埋在地下），不会再与母亲见面。有个臣子希望他们母子能够重归于好，便出面向国王献计。国王听从了大臣的计策，在住所的地下挖了隧道。就在隧道打通的那一刻，地下泉水（黄泉）涌出，母子二人相遇，二人终于冰释前嫌。这虽然是一个匪夷所思的故事，却暗藏着一个道理：只要脱胎换骨，就能重新做人。书中还有许多诸如此类的有趣的故事。因此，要说《左传》是一部史书，倒不如说是一部历史故事书更合适，因为它有很多虚构的成分。也正是因为它有许多杜撰的成分，所以，我才说它应该被看作是一部历史文学作品，而不是一部真正的史书。

《左传》中的文章丹青妙笔，可谓字字珠玑、篇篇精彩。我认为《左传》文章的最精妙之处，在于它是中国文学作品，是汉文学当中最具"简洁之美"的巨著。也就是语言简洁而准确，生动而富于表现力，描摹真实而细腻。我以为，汉文学的绝妙之处就在于"简洁之美"。正因为有了这个"简洁之美"，才让人有刻骨铭心的感觉。若是从这个角度重新审视《左传》的话，可以说，它的成就无与伦比、独步古今，堪称中国文学的巅峰之作。

请允许我在这里说点题外话。森鸥外作为明治、大正时期的文学泰斗而被大家所熟知。他自幼通读《左传》。我还记得，大正四年（1914）十月十八日那天，有个寺庙举行盛大仪式，委托森鸥外撰写碑文。当时，他一边流利地背诵碑文当中出现的《左传》的原文，一边对原文的出处做出说明与解释。当时我也在场，对他如此精通《左传》感到十分震惊。我那时刚上初中，敬佩感尤为强烈。我认为森鸥外晚年所著的《涩江抽斋》《伊泽兰轩》等历史小说，其灵感大概都来自于他年轻时候读的《春秋左氏传》吧。

言归正传。前面我说到《左传》更像是一部历史文学作品，书中的许多情节都是虚构的。《左传》的"传"字是注释的意思，也就是解释。"左传"的含义就是左丘明给《春秋》做的注释——这就是一本解释《春秋》的书。"传"也可以理解为"传奇"的"传"，所以其中的传说故事就比较多。比如，翻阅唐代小说，我们就会发现有许多以"传"为题的小说作品。描写女子李娃故事的《李娃传》、女子红线故事的《红线传》以及《柳毅传》等，真是不胜枚举。要是换个说法的话，《李娃传》就是李娃故事，《柳毅传》就是柳毅故事，《红线传》就是红线故事。我认为，这样的解释比较恰当。闻名于世的近代小说《水浒传》，当中的"传"字，既不是解释、注释，也不是人物传记。我认为，这个书名要是翻译成日文的话，还是直译更为恰当。所谓"水浒"，指的就是梁山泊的岸边，所以这是发生在水边的故事——是故事，而非传记。

一般来说，"传"通常被解释为文学故事或虚构故事。所以，《春秋左氏传》应该理解成是一部左氏以《春秋》为蓝本来讲述历史故事的书籍。《左传》实际为左氏讲的故事。若有人不认同我的看法的话，只要通读一遍《左传》，哪怕只读其中的一部分，也就不会认为我所说是无稽之谈了。

接下来我要说的是历史文学作品，也就是司马迁所著的《史记》。说起《史记》，它比《左传》流传更广。实际上，《史记》是以史学观念为基调撰写的一部文学巨著。从这个角度来讲，我们清楚地认识到，《史记》与《左传》一样，都在中国的文学史上占有非常重要的地位。

司马迁是怎样的一个人呢？相传他是司马谈①之子。大概出生于公元前 145 年，于公元前 90 年左右逝世，寿命并不长。

司马家族世代为史官，在朝廷当差，任太史令，主管修编历史工作，是名门家族。所以，可以想见，司马家族历来就有着大量的历史资料的积累。司马迁之父司马谈也是一位有名的历史学家，不仅手里掌握了大量的史学资料，而且对历史也颇有研究。其实，司马谈早年就立志要撰写一部从上古到汉朝的通史，不料突然去世，这个使命就落到了儿子司马迁的肩上。司马迁最后成书的《史记》，全书共 130 卷，是一部杰出的历史巨著。

司马迁年轻时漫游中国各地，了解各地风俗，旅行大大开阔了他的眼界。可以说，司马迁不仅是个历史学者，而且具有非凡的文学才能。游历归来，他决定继承父业，著述历史。这当中还有一个扣人心弦的故事。汉武帝时期，北方的匈奴民族经常侵入汉朝，于是，汉武帝派出军队讨伐匈奴。李陵担任大将军，率领五千士兵浴血奋战。匈奴以八万骑兵围攻李陵的军队，经过激烈的战斗，李陵斩杀了一万多匈奴士兵。但由于他得不到主力部队的支援，最后弹尽粮绝，不幸被俘。李陵兵败的消息传到长安后，在朝廷上引起了轩然大波。

朝廷在讨论李陵事件的时候，有人说，李陵是投降匈奴，有辱大汉朝的名声。有人说，李陵是精忠报国，奋勇杀敌，虽最终被俘，

---

① 司马谈（约前 165—前 110）：夏阳（今陕西韩城南）人，汉初五大夫，建元、元封年间任太史令、太史公。

但值得赞颂。于是，当时朝廷上分裂成"反李陵派"与"挺李陵派"这两个派别。最后，李陵问题居然演变成了政治问题。当时的司马迁是站在"挺李陵派"的阵营里，竭力为李陵辩解。可是，最终还是"反李陵派"获得了胜利，支持李陵的那些人全部倒了台。司马迁因为替李陵辩护，不仅被囚禁，而且遭受了刑罚。他到底遭受了什么样的刑罚呢？就是"宫刑"，也就是阉割。

在此之前，司马迁正在全神贯注地撰写《史记》。他遭受宫刑一事，对他撰写《史记》又产生了什么影响呢？《史记》的文学性特征，是我在阅读中感受到的。所以，我认为，司马迁遭受肉体惩罚后的改变，是《史记》具备文学性的一个强烈支点。这次酷刑的打击，对他的世界观和人生观产生了深远的影响。

我们可以看到，受刑之后，司马迁将视角转向了人间的悲剧故事。或者说，与人类的幸福故事相比，他对人世间的不幸更感兴趣。比如，在项羽的传记里，虽然司马迁也叙述了项羽飞黄腾达的过程。但是，他写项羽的飞黄腾达，实际上是为后来的没落做铺垫。所有的成功、所有的荣耀，在他的笔下，都成为不幸或者黑暗的铺垫与渲染。历史上诸如此类的悲剧，都会得到司马迁的青睐。我想，如果忽略司马迁的"悲剧情节"，就不可能感受到《史记》的文学性。

《史记》共分为"本纪""世家""书""表""列传"五个部分。"本纪"是记载统治者，即皇帝的事迹的篇章；"世家"是描述影响深远的诸侯或贵族事迹的；"书"所载者，大多关乎社会的形态，就相当于我们现在所说的社会制度、社会历史以及文化等方面的内容；"表"是指年表；"列传"所描写的既不是皇帝也不是诸侯和贵族，而是平民老百姓。也可以说，《史记》是一部以职业或群体来分类的人物传记。比如，《儒林列传》记载的都是学者，《酷吏列传》写的都是欺压百姓的官员，《游侠列传》写的是不同类型的侠客，《货殖列传》写的都是如何致富的故事……这些人物传记，无论写的是谁，无论从前怎么荣耀，最后都会衰落，遭受不幸。可以说，"列传"都是基于这个思路完成的。"货殖列传"虽然写的都是谁谁成了富豪一类的故事，但到这些人了晚年总是落得个凄凉的下场。《酷吏列传》所记载的都是些极其残忍的官员，他们最初是怎样残酷地欺凌百姓，到晚年也都惨遭怎样的不幸。纵观司马迁所编写的"本纪""世家"和"列传"，能够深深地感受到司马迁冷漠而又悲观的情感世界。我认为，《史记》因其文学性，理应受到世人的瞩目。

　　我认为，日本平安时代的小说《源氏物语》，是深受中国文学家白居易所编著的《白氏文集》①影响的一部作品。这一点，我们可以从作品的斟词酌句，以及其中有大量《白氏文集》的翻译内容上做出判断。它除了受《白氏文集》的影响之外，还受到了《史记》的影响。应该说，在表现手法上，它受白居易的影响更大一些；而在文学性方面，则深受《史记》的影响。据《紫式部日记》一书记载，作者紫式部非常喜欢读《史记》。她在书中曾以十分自豪的口吻写道：父亲经常读《史记》给哥哥听，可哥哥怎么也记不住，而我在一旁听，却能记得清清楚楚。这从另一个侧面证实，紫式部自幼就特别喜欢司马迁的《史记》。我猜测，她认字之后肯定就迷上了《史记》。要想知道她在多大程度上受《史记》的影响，只要看看《源

① 《白氏文集》：又名《白氏长庆集》，是唐代白居易诗歌作品集。本书原在唐穆宗长庆年间编集出版，故名。

氏物语》就能了解——它也是一部具有悲观倾向的文学作品。《源氏物语》一书中，在繁盛之后，随之而来的必然是不幸与黑暗。我认为，就这一点而言，它与《史记》异曲同工。《史记》的影响力如此之大，我以为它理应受到更高的评价。《春秋左氏传》是以时间为主线的编年体史书，而司马迁《史记》是以人物为主线的纪传体史书，也就是说司马迁把人物作为史书编撰的主线。他热衷于描写人物，虽然书中也有关于社会制度和文化历史等内容的描述，但他主要描写的，还是人类生活的圈子，也就是社会圈或者文化圈。

所谓"社会圈"，指的是社会和人类的关系；所谓"文化圈"，指的是人类和文化的关系。司马迁对这些内容都非常感兴趣。总之，描写人物是他毕生的心愿。在他的思想中，创造和推动历史的都是人类。同时，曾经飞黄腾达的人们，也必将没落。他就是以这样的世界观和人生观来展示自己作品的文学性的。

在学术界，有关《春秋左氏传》和《史记》的研究，可谓多若繁星，各种论点也莫衷一是。但不可否认的是，司马迁的《史记》既是一部大气磅礴的史学著作，又是一部波澜壮阔的文学著作，堪称中国古代文学之典范。

陶渊明与谢灵运

　　5 世纪初期，中国出现了两个非常有特点的诗人，他们就是陶潜与谢灵运。今天，我就来说说这两位诗人。

　　说起陶潜，可能许多人会觉得这个名字很陌生，但如果我讲他的号的话，很多人也许就恍然大悟了：哦，原来你说的陶潜，就是那个陶渊明啊！陶渊明与稍后我将要说到的谢灵运，都是 5 世纪初期中国最具特色的诗人。说得具体些，作为"田园诗人"与"山水诗人"，他们二人在文学史上都具有里程碑式的意义。在我年轻的时候，只要说到"田园诗人"，一般就会想起华兹华斯①的诗歌。并且，通过华兹华斯的诗歌，我自然而然地就会联想到陶渊明与谢灵运，就会探究他们的作品与华兹华斯诗歌的相同之处。虽然这种

---

① 华兹华斯（1770—1850）：英国浪漫主义诗人。其诗歌理论动摇了英国古典主义诗学的统治，有力地推动了英国诗歌的革新和浪漫主义运动的发展。

联想显得有些幼稚，但也可能正因为如此，我才对陶渊明产生了兴趣。不过，随着年龄的增长，我也逐渐领悟到，中国诗人陶渊明与谢灵运，与西洋诗人华兹华斯之间还是存在着很大差异的。于是，我内心深处，就不免对自己年轻时候的幼稚想法感到羞愧。

　　虽说陶渊明与谢灵运的诗词都属于自然流派，但内容和表现手法迥然有异。今天，我要说的就是陶渊明与谢灵运作为中国文学两大派系的代表诗人，他们的作品到底存在哪些差异。

　　陶渊明出生于浔阳柴桑县（现江西省九江市），相传是晋朝大将军陶侃①的曾孙。由此可以断定，他出身于名门望族。不过，好像从陶渊明那一代起，陶家开始没落。虽说家境没落，但没落到何种程度，也无据可查。不过，晚年的陶渊明生活还是悠闲自得的，只是不那么富裕罢了。陶渊明曾出任江州祭酒一职，之后又出任彭泽县令。相传，在他担任彭泽县令后不久，浔阳督邮②来视察。有人提醒他，按照礼节，县令应该穿戴整齐，去跪迎上司。但陶渊明厌烦迎来送往之类的奉承事宜，说道："我岂能为五斗米折腰？"于是，毫不犹豫地结束了自己的仕宦生活，回家种地去了。据史书记载，他所说的这个"五斗米"，是与当时县令的俸禄有关的一个数字。这个故事一直流传至今，可我总觉得有点过于滑稽。另有资料表明，实际情况是，陶潜居住在武昌的妹妹去世后，他因为要前往奔丧，这才辞去了县令之职，而回到故乡柴桑县的。

　　陶渊明大概是在四十一岁时辞官归家的。回乡之后，他便写下

---

① 陶侃（259—334）：东晋名将。
② 督邮：官职名，掌督察县乡、宣达政令等职。

了《归去来兮辞》这篇有名的辞赋。赋中这样写道："归去来兮，田园将芜胡不归？"①可以说，只要提起陶渊明，人们就会想起《归去来兮辞》。陶渊明于元嘉四年（427）去世，享年63岁。

相传，陶渊明生来喜欢柳树，便在自家门前栽种了五棵柳树，还自称"五柳先生"。陶渊明还特别喜欢弹一把没有弦的无弦琴。据我所知，"一弦琴"或者"二弦琴"之类的乐器大概是存在的，而"无弦琴"就十分罕见了吧。我想，弹奏的如果是有弦的琴，人们就会评判操琴者的技艺是否精湛，而他弹奏无弦琴，在无形之中演奏着自己的心声，人们也就无从评价了。可以说，陶潜所追求的，只是一种弹奏的意趣罢了。当然，这个故事的真实性还有待考证，但也算是个经久流传的趣闻。与李白、杜甫相比，虽然陶渊明所作的诗词数量不多，但令世人瞩目。因为他刷新了后人对隐士的印象，他的诗作，开创了中国诗词的一个新的流派。

我以为，陶渊明的诗作可以用"清远"二字来形容。这"清远"当中的"清"，就是清新脱俗，而"远"则是影响深远的意思。

细数起来，东晋之后，受到陶渊明诗风影响与熏陶的人很多，比如距陶渊明年代比较近的、编撰《文选》的梁朝昭明太子萧统，还有唐朝的韦应物、柳宗元以及白居易，他们的诗风明显受到陶渊明的影响。宋朝就更多了，诸如"唐宋八大家"之一的王安石，还有非常低调的诗人真山民②等。

宋朝的欧阳修盛赞《归去来兮辞》，曾推崇备至地说："晋无文

---

① 大意是：田园都要荒芜了，为什么不回去？

② 真山民：宋末诗人，姓名不详，"山民"为自称，遗有诗作《真山民集》一册。

章，唯陶渊明《归去来兮辞》。"从这个角度来说，《归去来兮辞》属于文学作品。其实，陶渊明所处的5世纪初期是没有文学作品的。值得庆幸的是，陶渊明的《归去来兮辞》作为屈指可数的文学作品问世了。虽然有点夸大其词，但不得不承认，他的这部作品所包含的思想情感，是从古至今的中国人始终具备的。

陶渊明心态超凡脱俗，生活方式悠然自得，故后人称他为"田园诗人"。他在《饮酒二十首》中写下的"采菊东篱下，悠然见南山"，成为流传千古的经典名句，广为世人赞颂。陶渊明的这句名言，由于曾经在夏目漱石的作品《草枕》里出现过，所以很多日本人也熟知这句诗。作为"田园诗人"的陶渊明，他的血液里始终充满着恬淡与安宁的基因，始终流淌着珍惜自我的情感因子。

虽说西洋诗人华兹华斯与陶渊明这样的中国诗人都被称为"自然诗人"，但他们两者之间存在着许多不同之处。我一直感到疑惑的是，能够把他们融合起来的因素，到底是"自然"呢，还是"诗人"呢？也就是说，在中国诗人的理念里，人要与世界融为一体，尤其是要与自然融为一体。人是自然的人，人已经物化成为自然界的一分子，与山水、植物相亲。而西洋诗人的理念则是歌颂景物，把景物当作一种引发情感或表达思想的象征。总之，他们始终以客观的视角去观察世界，而不是把自己融入其中。所以说，虽然同为"自然诗人"，但我以为把陶渊明与华兹华斯相提并论是有欠妥当的。但是，在明治时代，很多人都把这两个人混为一谈了。

读过陶渊明的散文《桃花源记》，我们能清楚地感觉到他心中对美好生活的追求。《桃花源记》讲述了这样一个故事：武陵郡有个人以打鱼为生。一天，他顺着桃花林附近的溪水行船，忽然发现山上有个小洞，于是他下了船，从洞口进去了。眼前突然变得开阔明亮起来。放眼望去，映入眼帘的是一个平和安详的村庄。生活在村庄里的人们，竟然不知道现在已经进入六朝时代，以为还在秦代呢。渔人返回之后，向众人讲述了这番经历，大家都觉得很蹊跷，便结伴前去打探。可是，他们根本就找不到那个隐现在桃林里的洞穴，更别提什么平和安详的村庄了。

此外，陶渊明还写过组诗《读山海经》①。《山海经》是一部荒诞不经的奇书。虽然书中内容主要讲述民间传说中的地理知识，但很多物种都是假想出来的，而非真实存在。比如，书中介绍世上存在着一种身体是鸟而脑袋是人类的动物。这可是一部充满神奇色彩的书籍。现在出版的《山海经》中所附的图片，应该都是后代人所作，但在陶渊明那个时期，书中的插图应该是原始的图片吧。

由此可见，陶渊明不仅对现实生活抱有美好愿望，对于现实生活以外的神话世界也同样抱有美好幻想。也就是说，仅仅从一个"田园诗人"的角度来分析陶渊明是不全面的。我觉得，陶渊明钟情自然而又超越自然，他要在自己的作品中描绘一个更美丽、更平等祥和的人间乐土。我的这个想法，可以从他的散文《桃花源记》和诗歌《读山海经》中得到印证。

可以说，陶渊明的作品在某种意义上来说，完善了中国人思想体系中的一个重要门类，那就是游仙思想。在陶渊明出生的5世纪初期，中国的游仙思想，即遨游仙境的思想已经日益盛行。其实，

---

① 《读山海经》：陶渊明的组诗作品，共十三首。首篇为序诗，后十二首从《山海经》《穆天子传》中撷取题材写成。

中国的游仙思想自古就有，可以追溯到陶渊明之前许久。例如，3世纪初期的诗人曹植和嵇康，以及4世纪的张华与郭璞等人，都曾创作过游仙诗[1]。我以为，陶渊明的游仙思想应该是与他们相承的吧。

简单地说，世上并不存在"仙人"，那些靠"餐霞饮露"为生的所谓"仙人"，也并不是什么神灵，都是普普通通的人罢了。自古以来，在中国人的观念里，普通人经过一定的"修炼"，就能得道成仙。而得道成仙之后，年龄就不会再增长，也不会死。他们所追求的，就是这样一种"长生不老"的境界。所以，仙人们居住的"仙境"，是一个与人间完全不同的、洁净无瑕而又美丽无比的世界。在这个"仙境"之中，既没有物质的欲望，也没有犯罪的恶行。我以为，在陶渊明的幻想当中，确实存在着对仙界的憧憬和向往。也就是说，从表象上看，陶渊明是大自然的热爱者，实则充满着对"仙界"的向往。说得更直白一些，我认为，陶渊明笔下的秀山丽水、繁树茂叶、鸟语花香，绝非仅仅是爱好大自然的表现，而是心底满怀着对"仙界"的憧憬与向往。我们若是从这个角度重新审视陶渊明诗作的话，就会愈加感受到陶渊明诗作的无尽魅力与清新脱俗。

在日本，陶渊明可以说是个家喻户晓的人物。在他的《归去来兮辞》等作品被翻译成欧洲多国的文字之后，更是如此。我以前曾经读过德富芦花[2]拜访列夫·托尔斯泰的作品，其中就有托尔斯泰阅读英译版《归去来兮辞》的情节。但我认为，像托尔斯泰这样的西

---

① 游仙诗：中国古代以遨游仙境为主题的诗歌。兴起于战国时期的《楚辞》，一直延续到晚唐，在魏晋时达到鼎盛。

② 德富芦花（1868—1927）：日本近代著名社会派小说家、散文家。少年时受自由民权思想熏陶。1885年皈依基督教，1898年发表小说《不如归》而闻名。

方学者，大概是很难理解陶渊明在诗作中表达的那种对于"仙境"的向往的情感的；而我们东方人，在思想上与陶渊明产生共鸣就容易得多。不过，后来的读者若是想读懂陶渊明的诗作，就不能只是从"田园诗人"这个角度来理解，还必须关注他对"仙境"无比向往与憧憬的这样一种思想感情。

在晋代，可以与陶渊明比肩的，还有谢灵运。他俩虽然都被称为"自然诗人"，但我认为二人之间还是存在很大差异的。当然，谢灵运开创的，是中国文学史上的另一大流派——"山水诗派"。

谢灵运的祖籍是陈郡阳夏县（现河南太康县）。他是东晋车骑将军谢玄之孙，出身贵族之家，世袭"康乐公"，故又称"谢康乐"，曾担任永嘉太守一职。谢灵运是自然诗人，他非常热爱自然，并热衷于歌颂自然。就他的作品而言，更着重于对山川景致的吟咏与描摹。所以，称谢灵运为自然诗人是恰当的，但谢灵运的思想里并没有游仙思想。我强烈地感受到，谢灵运是自然的欣赏者，虽然"仙"字也曾在他的作品中出现过，但那只是作为一种修辞手法，而并非他的游仙思想。再一点就是，谢灵运的诗作，更加注重辞藻的精丽工巧与形式上的华美。

谢灵运的豪宅叫"金谷园"，是一座巨大的别墅，吸引了当时众多的文学家。当然，文人墨客也以能够出入谢灵运的别墅而感到自豪和光荣。从这个意义上来讲，谢灵运虽然是山水诗人，却也带有"沙龙文学"的思想。谢灵运出身贵族，而且家底殷实，所以经常出游。他出行排场很大，每每出行，总要率领数百随从，以致在某次旅途中因声势浩大而被人误认为山贼土匪。当然，这个故事的真实性有待考证，但也可以看出他是一个对世俗充满了兴趣的人。同时，他也充满了政治野心，是一个权谋家。他野心勃勃，想方设法在朝廷扩张自己的势力。从这一点上来看的话，把谢灵运归结于单纯的"山水诗人"，又似乎有失偏颇。

品读谢灵运的诗作，你会发现他特别热衷于出游，而且每次出游都热情洋溢，歌颂大自然的美妙风光。谢灵运非常热爱大自然，他在写诗时也十分善于运用语言技巧。他描述大自然的美，笔触细腻而情感真挚。虽然语言稍嫌矫揉造作，但我们且将他的作品看作是一个经过修饰的人工乐园，不也就可以坦然接受了？

谢灵运有个弟弟谢惠连，也是一个诗人。与哥哥相比，谢惠连要淡泊许多。谢惠连英年早逝，37岁就去世了，所以，很难判别他是属于哪类诗人。但比起谢灵运的浓情与执拗，弟弟谢惠连生性洒脱，心境淡泊。在谢灵运的"文学沙龙"中，弟弟谢惠连也是常客之一，另外还有何长瑜、荀雍、羊璿之等人。他们都是喜欢吟咏大自然的诗人，常常以文会友，同作山泽之游，世人称他们为"山泽诗友"。这些"山泽诗友"，都是谢灵运"文学沙龙"中的重要人物。

谢灵运担任过许多官职，所以对权势充满了欲望。不料晚年遭遇不济，因罪被处以死刑。他出身贵族，家境殷实，满腹经纶，晚年却遭遇不测，是一个带有悲剧色彩的人物。我认为他作品中构建的"人工乐园"的美也是中国文学的传统之一。前文提到，陶渊明在文学创作中把自我融入自然，达到一种物我合一的境界。折口信夫①先生曾经给这种文学下过一个定义，叫"隐者文学"。如果说"隐者文学"也是中国文学的一个流派的话，那么，谢灵运式的"人

---

① 折口信夫（1887—1953）：日本文学家、民俗学家、和歌诗人。

工乐园"之美，也可以称之为中国文学的一个流派吧。

陶渊明和谢灵运作为形成于5世纪初期的"田园派"和"山水派"这两大流派的先驱人物，理应受到关注。虽然众多文学史上记载陶渊明和谢灵运是两大流派的创始者，但我认为大家都忽略了两人之间的差异。陶渊明想构建的是一个游仙世界，而谢灵运所想的，是通过观察大自然来搭建一处"人工乐园"式的美景。也就是说，不仅陶渊明开创了中国文学的一个流派，谢灵运也开创了中国文学的一个流派。虽然二人都喜欢以自然为题材，态度和风格却截然不同，由此自然而然地形成了中国文学的两大流派。

阅读一些文学家的传记，我们能够看出，谢灵运觉得自己怀才不遇，心有怨气。虽说出身名门，他却不满足，不停地抱怨发牢骚，以致晚节不保，以悲剧终结了自己的一生。而陶渊明年轻时担任官职，之后回到家乡悠然自得地度过了晚年。两人境遇不同，决定了其思想和感情的不同。

我们试读陶渊明与谢灵运的作品，就会发现两者的不同。品读文学史时需要注意的是，虽然我们是为了弄清某人的一生或者事迹等阅读文学史的，但文学史到底是记录文学历史的，要了解某个人的文学创作，还是应该首先选择读他的文学作品。最近不读文学作品，仅仅通过读文学史就对文学品头论足的人越来越多了。不过自古以来，这样的人就大有人在。所以我认为，要想谈论某个人的文学，就应该先读他的文学作品，然后再读有关作品的文学史。

比如，在夏目漱石的《草枕》中出现了陶渊明这个人物。那么，我们就应该通过阅读陶渊明的作品，先试着认识一下陶渊明是怎样的一个人；再翻阅文学史，我们就会更清楚地了解陶渊明。我认为这才是我们应该掌握的阅读方法。我可以负责任地说，即使不是专业人士，仅仅作为一般人想要了解中国文学，这种阅读方法也是值得推崇的。通过这种阅读方法获得的知识虽然是零零散散的，但比起那些不读文学作品而仅仅背诵文学史的人，能够更好地了解中国文学。这是题外话，但是因为非常重要，所以我想利用这个机会在这里说一下。

陶渊明深受老庄思想的影响，谢灵运则不然。谢灵运世俗，渴望权力，喜爱奢侈豪华，也是一个虔诚的佛教徒。光在信仰这一点上，两人就存在很大的差异。我认为谢灵运并非为写景而写景，而是通过对美的向往体现出他的信仰情怀。

六朝文学论

　　纵观中国历史，会发现一个有趣的现象，那就是每三四个世纪便更迭一次朝代。比如汉朝历时四个多世纪，六朝也历时四个多世纪，唐朝历时三个世纪，还有宋、元、明、清，每个朝代差不多也都经历这么长的时间。当然，其中也曾经出现过三国等混战割据的时期，但大概也以三四个世纪为一个句点。

　　下面我要说的是关于六朝时期的事。所谓"六朝"，是指孙吴、东晋、南宋、南齐、南梁、南陈这六个朝代，这些朝代如果一个个记忆的话也许会很困难，但是以打拍子的形式来记忆就会容易很多。人们习惯将魏、晋、宋、齐、梁、陈时期的文学并称为"六朝文学"，横跨三世纪到六世纪。这四个世纪，是政治与经济相对动荡不安的时期。

　　政治与经济是如何动荡不安，我们暂且不论。中国古代社会的一个重要特质就是，文化始终处于遥遥领先的地位。这种特质较之他国显得尤为突出。因为一般说来，政治或者经济不稳定，必然会影响文化的繁荣，但在当时的中国，即使政治与经济处于动乱之中，文化依然独树一帜，独领风骚。我想其中必有原因。

首先让我们从战争这个角度来分析。尽管当时各地时有战争发生，但是远离战争的地方还是一片祥和——国土幅员辽阔，这是中国的优势所在。我想，这可能就是当时中国文化能够独领风骚的首要原因吧。就这一点而言，中国确实是得天独厚。即便是在交通发达、武器装备精良的今天，文化的独立性也依然存在，更何况在古代呢？战乱引起的社会不稳定并不会波及全国的每个角落，远离战区的地区依然稳定与平静，那里所独有的文化也就能够蓬勃地发展起来。

六朝历时四个世纪，这期间朝代更替交迭，变化无常。如何用一句话来概括六朝文学的特点呢？我认为，六朝文学属于感觉派文学，即万物都是通过感官再进入思维世界。也就是说，六朝之前的文学多是由思维世界转向感官世界，但进入六朝后，情况逐渐发生逆转，文学开始由感官世界进入思维世界。

究其原因，我认为主要是受到外国文化的影响，这里指的主要是印度文化。因为从汉末至魏晋时期，佛教逐步在中国盛行。这样一来，印度文化也就随之传入中国。在印度文化的冲击之下，中国人也试图做出各种各样的改变。无论哪个国家，当外来文化开始传入的时候，人们通常会首先抓住那些最特别的东西，中国当然也不例外。所谓感官世界，自然就离不开理解与掌握自然万物的形态。这似乎已经成为世间事物变化与发展的一个基本规律。

比如，众所周知的山西省的大同石佛，以及河南省的龙门石窟，这些都是六朝时期中国人受印度犍陀罗①美术的影响而雕刻出来的作品。不管是亲眼所见，还是观看图片，我相信所有人都会惊叹于它的巧夺天工，感叹人类无比的创造能力。就这一点而言，我认为，想要理解文学，首先应该从感觉的角度来把握文学，观察文学的形态。

说起六朝文学，就得从那个时期创立的"四六骈俪体"②说起。一般来说，汉语很难用单个字来表达意思，因为汉语的同音字非常多，所以成语或者词语通常由两个或多个双字构成。日常生活中由两个字构成的词语可以说比比皆是，句子的构成字数也多为偶数，称之为"四六文"。由此可见，当时的文学形式，是用四个字或者六个字的句子来表达的。

其实"四六文"这种文体六朝之前就已经存在，但是直到六朝时期才有了正式的称谓。无疑，六朝时期是"四六文"的全盛时期。可以这样说，在当时，写的如果不是四六句，是不会被称为"文章"的。由此不难看出，当时是多么重视"四六文"。这类作品非常注重形式与技巧，讲究对仗与工整。六朝时期十分流行这种文学形式，"文学形式论"也应运而生。在文学史上，人们一般将这种现象简单地归结于"文学批评"的范畴。这种"文学批评"似乎与后来西

---

① 犍陀罗：即犍陀罗国，公元前6世纪存在的南亚次大陆国家，为列国时代十六大国之一。犍陀罗国不仅是印度大陆文明的发源地之一，而且由于地处欧亚大陆连接点，也在世界文明发展史上起着重要作用。

② "四六骈俪体"：又称骈俪文。南北朝是骈俪文的全盛时期。骈文是与散文相对而言的，其主要特点是以四六字句式为主，讲究对仗，因句式两两相对，犹如两马并驾齐驱，故称骈体。在声韵上，讲究运用平仄，韵律和谐；修辞上注重藻饰和用典。骈文注重形式技巧，往往束缚内容的表达，但运用得当，也能增强文章的艺术效果。

方所提倡的"批评文学"很相近。总之，我认为还是称之为"文学形式论"更为合适。

日本弘法大师①曾在中国留学，当时中国出现了很多有关六朝文学的评论。他回国后就编写了《文镜秘府论》一书，条理清晰地介绍了"文学形式论"。这本书如今存世的已经很少，但还是保存了不少中国六朝"文学形式论"的史料。我认为，这也是作为日本人应该感到自豪的地方。

那么，这种"文学形式论"又是怎么产生的呢？究其原因，还是因为受到印度文化的影响。我们追溯六朝以前的诗作，形式都是非常自由散漫的。可到了六朝时期，中国人便开始反省中国诗文的结构问题了。这也可以说是六朝时期文学的一个特点吧。

梁朝有个叫沈约②的人，在晚年的时候写了《四声谱》③。虽然没有被流传下来，但《四声谱》可以说是诗人沈约对中国诗文发音学的一次变革。据说除《四声谱》之外，沈约还对中国诗文的韵律做出了创新——八病④。他所创的"四声八病"之说，可以说为中国诗文的形式以及发音学开辟了新境界。我认为，当时梵文开始传入中国，沈约的这些变革应该也是受到了印度发音学的影响。因为

① 弘法大师（774—835）：生活在日本平安时代的高僧，日本真言宗的开山祖师，也是日本弘扬佛法的先驱。他对佛学以及文学、语言、书法、绘画均有研究，著作繁富。

② 沈约（441—513）：字休文，吴兴郡武康县（今浙江湖州）人，南朝著名政治家、文学家、史学家。

③《四声谱》：四声在上古的汉语中就已经存在，但作为概念被提出则始于南朝梁的沈约。《梁书》记载他作《四声谱》，专门讨论汉语四声的问题。

④ 八病：古代关于诗歌声律的术语，为南朝梁沈约所提出。沈约将四声的区辨同传统的诗赋音韵知识相结合，规避了创作五言诗时声律上的毛病。

在沈约以前，魏朝的孙炎是采用"反切"的方式，对汉字进行注音的——也就是通过声母与韵母组合的方式，来给汉字标注读音的。所以，我认为发音学的变革创新，也是六朝文学的一个显著特征。

研究那个时期的诗文，我们会发现有很多五言八句、七言八句的诗。因此，我认为，五七言诗、八句诗等近体诗①，虽然盛行于唐代，但在六朝时期已经初见端倪。这是六朝文学的又一个特色。

说起文学批评，我就会想到历史上的一些人。比如，钟嵘所著的《诗品》，它是一部品评诗歌的文学批评名著。所谓诗人点评，就是根据诗歌的优劣对诗歌进行上、中、下分类。此外，还有刘勰的《文心雕龙》与任昉的《文章缘起》，也都属于文学批评名著。

魏武帝曹操和他的儿子曹丕、曹植都是文学家。据说，曹家是一个在文学上很有成就的家族，每个人都文采斐然。曹操的长子，也就是后来的魏文帝曹丕，著有中国文学批评史上第一部文艺理论批评专著《典论》②。该书大概在宋代亡佚，今仅存《自叙》《论文》两篇较为完整。其中有一句经典名言一直流传至今，即："盖文章，经国之大业，不朽之盛事。"在中国普遍存在这样一个观点：文章即文学，文学即文章。所以我认为，《典论》中这句话的意思是，文学是国家统治者最重要的工作，也是最光荣的工作。"文章即文学"这

---

① 近体诗：隋唐时期，人们将周、秦、汉、魏时期形式比较自由、不受格律束缚的诗体称为古体诗。近体诗是与古体诗相对的流行于齐梁以后的一种诗体，又称今体诗或格律诗。

② 《典论》：作者曹丕。这是中国文学批评史上较早出现的一篇文学专论，也是汉魏文学批评史上的重要文献。它论述了文学批评的态度、作家的个性与作品的风格、文体的区分、文学的价值等颇为重要的问题。

个理念的确立，必然要讲究文学的形式。虽然"文章"这个词语自古以来就有，但有趣的是，六朝时期又赋予了这个词语新的意义。仅从"文章"这个词语的含义在六朝时期的变化来看，我们也能感受到这是个非常有趣的时代。

下面，我来谈谈六朝时期的哲学思想。六朝文学的一个重要特点是受佛经影响。当时，佛经已经被翻译成了汉语。虽说翻译的准确性还有待商榷，若是以教材的标准来要求的话，还存在着一些瑕疵与不足，但当时印度的经典还是被广泛翻译流传，像鸠摩罗什[①]、宝云[②]等人，翻译了许多佛家经典。从文学的角度来研究，这些佛学经典译著丰富了中国的神话文学故事。而作为比较文学的对象，佛经故事又是如何渗透到中国文学里面的？这是个十分有趣的问题。虽然六朝文学很多方面有待研究，但佛经的传入是与之相关的很重要的一个方面。这也是研究六朝文学，乃至中国文学的一个非常重要的课题。

潜意识中的游仙思想，也是六朝文学的一个特点。这个话题，我在讲述陶渊明与谢灵运的篇章中已经提过。游仙思想在晋代达到了顶峰，社会上出现了许多关于如何修炼成仙的书籍。在阅读《抱朴子》[③]的时候，我明白了一个道理，那就是：人是无论如何也不会

① 鸠摩罗什：东晋高僧，世界著名思想家、佛学家、哲学家和翻译家，中国佛教"八宗之祖""译经泰斗"。祖籍天竺（古印度），出生于西域龟兹国（今新疆库车）。
② 宝云：东晋时期的译经僧，出生于河北（一说是凉州）。曾与法显一起去印度，回到中国后跟随佛陀跋陀罗（印度译经僧）学习译经。译作有《新无量寿经》《佛所行赞》等。
③ 《抱朴子》：晋代葛洪所著道教典籍。"抱朴"是道教术语，源于《老子》的"见素抱朴，少私寡欲"一句。

修炼成仙人的。所以，这是一本极具讽刺意味的书籍。但自古以来，中国人就始终抱有"长生不老"的想法。那么，人究竟如何才能做到长生不老呢？我至今也弄不清楚这种"不老不死"的想法是何时确立的，但二次大战结束后不久，著名学者闻一多先生曾经做过这方面的研究。

据闻一多的研究结果，有个叫氐羌的少数民族，从西北逐渐向东迁徙，最后定居在山东一带。据传，大概在公元前10世纪，氐羌族人就有着浓厚的游仙思想。这种思想逐渐流传，传遍中国各地，由此最终成形。这个研究结果的真实性虽然有待考证，但由此我们也弄明白了游仙思想的来龙去脉，知道了它是个很古老的思想。

到了晋代，游仙思想到达了鼎盛时期，相关书籍《抱朴子》应运而生。书中写到，修炼成仙的第一要素就是必须归隐山林。说是有个想修炼成仙的男子，对自己的孩子说："我从明天起就要去修炼当仙人了。"他第二天就进山隐居去了。可是，他的子女还是赶到山中，向父亲陈述道："父亲，交税的账单来了。我们不得不给您送过来。"这个笑话告诉我们，一个普通人，哪可能断然地抛开一切而专心修炼"仙道"？还有一个很现实的问题：修炼时该吃些什么？从古书的记载看，修炼的食物也无非就是珍珠粉、云母粉、菊花、李子还有松脂等。这些东西听起来很美，但你以为像橘皮果酱那么可口美味吗？还有就是中药材当中的茯苓，或者一些稀奇古怪的植物的根和叶子等。再有"餐霞"，就是吸取日月之精华的意思吧。这个"霞"可能与日本人所说的"霞"不是同一个概念。中国人把早上太阳升起之时，东方天空出现的明亮之色称为"朝霞"；而把傍晚日落时分，西边天空出现的彩云称为"晚霞"。修炼的人们就这样，

清晨面向东方的朝霞，傍晚面向西方的晚霞，使劲地"吸"。所谓
"吸"，就是指深呼吸。然后，修炼的人就靠自身的力量开始炼金。
可以说，无论是东方人，还是西方人，炼金始终都是人类共通的梦
想。这里所说的"炼金"，也就是所谓的"炼金术"。通过"炼金术"
炼出金丹，修炼的人服用了这种金丹，就能够得道升天，成为仙
人，达到长生不老的境界。

类似这样的故事，可谓不胜枚举。不过，我在这里并非想谈论
修炼成仙的话题。翻阅古人有关得道升天的书籍，我明白了这样一
个道理：凡人是无论如何也不会变为仙人的。话虽这样说，但这类
书籍依然很畅销。六朝时期的许多著名诗人都写过关于游仙的诗文，
就如我前面所提到的曹植、嵇康、张华、张协等人。

鲁迅曾经写过一篇非常有趣的论文，内容是关于游仙思想是如
何耽误中国发展和进步的。社会是否会因此而落后，我们暂且不论，
但游仙思想在六朝时期达到了鼎盛，这一点是毋庸置疑的。

说到游仙思想，我们又会联想到老庄思想。老庄思想与游仙思
想表面上看起来很相似，但实际上似是而非。在《抱朴子》一书中，
也曾有过关于老庄的描述。但《庄子》这部书里所讲的只是某些人
对长生不老、长生不死的一种向往，这与盛行于六朝时期的游仙思
想完全不是一个概念。《庄子》认为，因为人的生命是有限的，所以
才应该研究如何将有限的生命与无限的世界相沟通，也就是说如何
使有限的生命达到永生。但六朝时期的游仙思想，想要达到的是永
远活着、永远年轻。换言之，它表达的是一种现实欲望，一种想永
远拥有现在幸福、享受当下美好生活的现实欲望，期待自己能够永
葆青春，长生不老。就这一点而言，两者之间是有着很大差异的。

我认为，直到近代，中国人对所谓的游仙、永葆青春、长生不老依然抱有幻想。这种幻想使得六朝文学具备了非常感性的特色。比如，有一种类似短歌的吴语歌曲《子夜歌》①，在当时是通俗歌谣，很受年轻人的欢迎。即使到了唐代，依然有人在沿袭《子夜歌》的形式来创作。比如，李白等人就常常创作子夜歌，其中描写男女之间哀怨眷恋的诗文非常流行。还有徐陵②所编著的《玉台新咏》等，也属于感性文学。

我认为，现实生活虽然有别于游仙思想以及《子夜歌》所描述的世界，但实际上两者也有许多共同之处。这也是我要谈论的最后一个话题，那就是，六朝时期中国已经出现了真正意义上的小说，比如，流传至今依然非常有名的《拾遗记》和《搜神记》等。当然，也有许多没能够流传下来的作品，如《异林》《述异记》《幽冥录》《语林》等。在此，我想要说明的是，虽然它们都被称为"小说"，但与我们现在所说的小说，在概念上还是有所不同的。具体说来，就是当时的小说篇幅很短，描写的也大多是一些怪异的、不可思议的事情。

其实在汉代，小说雏形就已经出现了，例如,《海内十洲记》《神异经》《汉武故事》《汉武内传》《飞燕外传》《杂事秘辛》等，人们现在也能听到这些汉代小说的名字。但据传，上述这些作品都是六

---

① 《子夜歌》：中国古代民歌。传统观点认为是晋代的一位名为"子夜"的女子所作，而近年来人们倾向于认为是吴地女子共同传唱的一组恋歌，而非由"子夜"一人所作。
② 徐陵（507—583）：字孝穆，东海郡郯县（今山东郯城县）人，南朝著名诗人和文学家，"宫体诗"代表诗人，著有《玉台新咏》。

朝时期的仿造品。

为什么说汉朝的作品是六朝时期"仿造"出来的呢？究其原因，在汉代，散文得到了长足的发展，出现了像《史记》《汉书》之类的历史故事类型的文学。我认为，那个时期也一定会有类似小说这样的作品存在，但后来大概消失了，只有书名得以流传下来。到了六朝时期，人们就根据这些书名和传说故事重新作了编撰。要是有人问我具体哪部作品是"仿造"的，说实话，我无法回答，这只是我的推测。

此外，六朝时期的人喜欢挖掘古人的墓葬，所以，许多古代文献也被公之于世。比如，非常古老的小说《穆天子传》就是当时挖掘出来的。以此为契机，被挖掘出来的汉朝书籍在六朝时期得以重现演绎，也就不足为奇了。

由此，我们又可以推断，很多所谓的汉朝的小说作品实际是六朝时期被"仿造"出来的。像《拾遗记》《搜神记》《搜神后记》《博物志》等小说作品，都是六朝时期作家的作品。描写河流的地理名著《水经注》，虽然不是小说，却也记载了许多村庄和部落的传说，笔触细腻，语言幽默。唐代文学大师柳宗元所编写的《永州八记》，许多情节都有借鉴《水经注》的痕迹。

说到《水经注》，我再说几句题外话。那还是我年轻的时候，一个春寒料峭的季节，芥川龙之介①闲逛时，在下谷御徒町发现了一家旧书店。他信步走了进去，打听是否有《水经注》一书，结果没

---

① 芥川龙之介（1892—1927）：日本知名小说家，博通汉学、日本文学、英国文学，但一生为多种疾病、忧虑所苦而自鸩，年仅三十五岁。

有找到。他叹息了一声"这样啊"，便穿过电车道，消失在青石横町方向。就在那年夏天，他与世长辞。所以，现在只要一提到《水经注》，我就会想起芥川龙之介当时落寞的背影……哦，有点跑题了，我是想说《水经注》虽然不是纯粹的小说，但也可以算是准小说吧。

只有名字流传而内容没有流传下来的，还有笑话集。六朝时期《笑林》《解颐》等笑话集的书名流传至今。我认为，自古以来可能就有很多笑话，但是直到六朝时期才开始把笑话编辑成册（笑话集）。这么多的笑话集，便是当时笑话盛行最好的佐证。笑话盛行，我们可以推测，当时的社会可能存在着一些黑暗的东西。因为一般来说，在历史上，当社会黑暗或者制度不健全的时候，笑话就会盛行。当社会氛围比较融洽或者人们干劲十足的时候，就不会产生笑话。笑话本身除了充满笑料，同时也具有讽刺的意味，人们多以笑话的方式来表达自己的不满，也会用笑的方式来掩饰自己的悲伤，此时的欢笑其实就等同于眼泪。要想追寻六朝时期笑话风行的原因，还是要从当时的社会状况来考察。

唐诗

众所周知，唐代是中国封建社会发展极盛时期，对日本奈良文化产生了极其深远的影响。其实，唐朝文化说白了就是长安文化。长安即现在陕西省西安市，是西安的古称。当时的长安属于世界上真正意义上的一流城市。若是与同时期的欧洲做比较的话，在德国的森林地带，当时还有大量野蛮人出没，而位于遥远东方的中国，长安已经成了世界上的一流城市，文化之花开放得绚烂无比。如今，只要看一看日本正仓院①的收藏品，就能够明白长安的手工艺是如何发达了。我们所说的唐朝文化主要就是指长安文化，换言之，长

①　正仓院：日本奈良时代东大寺内用来保管寺内财宝的仓库，始建于8世纪后半叶。这一年，圣武天皇驾崩，光明皇后在举行49天的法会之后，将天皇日常用品及珍藏物品交东大寺保管，东大寺把这批遗物收入正仓院。这里的收藏品数量大、种类多，有许多是从中国、朝鲜等亚洲各地传入的，对研究当时日本的对外文化交流具有重要价值。

安也是中国文学的中心。

唐朝最令人瞩目的文学成就是唐诗。历朝文学之盛，其名各有所归——汉史、唐诗、宋词、元曲。具体说来，在汉朝，历史文学是其代表；在唐代，古诗是其标志；在宋朝，词章是其代表；而在元朝，戏曲是它的骄傲。当然，说起唐诗，它不仅仅是中华文化宝库中的一颗明珠，也是全人类璀璨的明星。

人们一般将唐诗按照初唐、盛唐、中唐、晚唐这四个时期来分类。这种分法出自明代的高棅①。虽然这种分法未必恰当，但是为了方便起见，一般都遵循高棅的这种划分方法。所以，我也就沿用这样的方法，按照初唐、盛唐、中唐、晚唐的顺序逐一进行介绍。

初唐是指唐朝开国至唐玄宗开元之间，大约一百年。盛唐是指玄宗开元元年至代宗大历元年之间，这个时期很短暂，大约五十年，其间有很多描述玄宗皇帝和杨贵妃之间故事的作品；同时，这也是一个广为日本人所熟知的时代。中唐是指代宗皇帝大历年间至文宗大和年间，大约七十年。晚唐是指文宗开成年间至昭宗天佑年间，大约七十年。整个唐朝大概历时三个世纪。

初唐文学可以说继承了六朝文学的余绪，尽管当时新的文学形式已然兴起，真正意义上的唐诗却很少，但是种种迹象也昭示着唐诗时代即将来临。说到初唐，人们的脑海里会立刻浮现出"初唐四杰"。"初唐四杰"是中国唐代初期，文学家王勃、杨炯、卢照邻、

---

① 高棅（1350—1423）：字彦恢，后改名廷礼，号漫士，福建长乐人，明代诗人，"闽中十才子"之一。所著《唐诗品汇》为明初诗歌复古的里程碑，也是中国文学的重要评论著作。他关于诗歌的复古理论为"前后七子"奠定了基础。

骆宾王的合称，这四个诗人的诗文都未脱齐梁以来绮丽的余习。不可思议的是，这"四杰"皆一生怀才不遇。

比如王勃，年纪轻轻就溺水身亡。要是说起《唐诗选》开篇的那句"滕王高阁临江渚，佩玉鸣鸾罢歌舞"，可能立刻就会有人恍然大悟：哦，原来就是那个诗人啊。

杨炯在盈川任职，卒于官府。这个人晚年也不是很幸福。

卢照邻一生不幸，不仅常年患病，而且非常贫穷，最后因厌世投水而死。他所作之诗被《唐诗选》收录。

"四杰"当中，骆宾王的诗作最富有激情，也是最符合唐诗特点的。我认为，他的诗风已经彻底摆脱了六朝文风的影响。

唐代文学的特点之一，就是新的诗歌体裁兴起。为了区别于古体诗①，人们把唐代的诗作称为近体诗。古体诗与近体诗之间最主要的区别在于形式不同。新朝代的建立，必然呼唤新的诗歌体裁。诗人沈佺期②、宋之问③二人对新诗歌体裁的诞生做出的贡献最大。不过，他们二人的私生活却不尽如人意。虽然二人在人格上备受争议，但在新诗歌体裁的确立方面确实功不可没。正因为如此，人们取他们二人姓氏，将五七言律诗称为"沈宋体"。

此外，我认为初唐时期的诗人陈子昂对诗文革新也起到了非常

---

① 古体诗：是相对于近体诗而言的诗歌体裁，区别于格律诗。从诗句的字数看，有所谓四言诗、五言诗和七言诗等。古体诗格律自由，不要求对仗、平仄，押韵较自由。

② 沈佺期（656—714）：字云卿，相州内黄（今安阳市内黄县）人，初唐诗人。与宋之问齐名，称"沈宋"。唐代五言七律体至"沈宋"而定型。

③ 宋之问（约656—约712）：字延清，名少连，汾州隰城（今山西汾阳市）人，初唐诗人，与沈佺期并称"沈宋"。被认为是唐代律体诗的开创者。

重要的作用。陈子昂非常擅长作诗，算是一名革新诗人。再有，刘希夷[1]的诗也非常具有唐代特点，其中《代悲白头翁》被收录于《唐诗选》中。此诗以"洛阳城东桃李花"开篇，诗中名句"年年岁岁花相似，岁岁年年人不同"更为日本人所熟知。尽管许多日本人不知道这句诗是谁所写，但它经常被很多文章引用，所以人们也就熟烂于心了。而且，我认为这句诗通俗易懂，无须解释。可以说，刘希夷是初唐时期非常具有代表性的诗人。

下面，我要介绍一位古怪的诗人杜审言[2]。杜审言的祖先是六朝时期的征南将军杜预，杜预也是最早解读《春秋左氏传》之人。也就是说，杜审言是杜预的远裔。杜审言的儿子名叫杜闲，杜闲的儿子则是著名诗人杜甫。换言之，杜审言是杜甫的祖父。作为初唐诗人之一的杜审言，虽然成就不及他的孙子杜甫，但仍然可以称之为文豪。他的诗作格律谨严，以浑厚见长。我想，当你知道他是杜甫祖父之后，再来品读杜审言的诗作，可能就觉得非常有趣了吧。

还有个怪异诗人王梵志[3]。他皈依佛门，诗作风格通俗幽默，常寓生活哲理于嘲谐戏谑之间。用日本的说法，他是滑稽趣味之人。虽说他性格古怪，但作为初唐的著名诗人之一，也是被大家认可的。

---

① 刘希夷（约651—约680）：唐朝诗人、文学家。其诗以歌行见长，多写闺情，辞意柔婉华丽，且多感伤情调，代表作有《代悲白头翁》。

② 杜审言（645—708）：字必简，杜甫的祖父。官修文馆直学士。有"唐代近体诗奠基人"的美誉，作品多朴素自然，其五言律诗格律谨严。原有集，已散佚，后人辑有《杜审言诗集》。

③ 王梵志：唐初白话诗僧，卫州黎阳（今河南浚县）人，约隋炀帝杨广至唐高宗李治年间在世。他的诗歌以说理议论为主，多据佛理教义以劝诫世人行善止恶，对世态人情多讽刺和揶揄，对社会问题间或涉及。有诗集《王梵志诗校辑》348首。

进入盛唐时期，诗坛形成了以李白和杜甫为中心、其他诗人也大放异彩的盛况。李白与杜甫是诗坛中最璀璨的明星，但二人在很多方面是存在着很大差异的。例如，在生活方面，读完李白的传记之后，会有一种不甚了解的感觉，而杜甫的传记却使人一目了然。极端点说，通过杜甫的传记，人们甚至能够了解何年何月发生了何事。从这个意义上讲，二人在生活上有很大的差别。

又如，二人作诗风格也有很大的不同。李白的诗讲究唯美，追求浪漫色彩，所作之诗多与旅行、饮酒有关。而杜甫的诗大多描写政治和社会的现实。可以说，李白属于浪漫主义诗人，而杜甫则属于现实主义诗人。

杜甫的很多诗歌都为大家所传诵。比如他的《春望》这样描写道："国破山河在，城春草木深。感时花溅泪，恨别鸟惊心。烽火连三月，家书抵万金。白头搔更短，浑欲不胜簪。"

我认为松尾芭蕉①最有名的俳句"夏草啊，萋萋兵士梦"就受到了唐诗《春望》的启发。相传，芭蕉非常仰慕杜甫，即使出去旅行，杜甫诗集也不离手。我认为"夏草啊，萋萋兵士梦"与《春望》中的"国破山河在，城春草木深"在意境上有异曲同工之处。杜甫的作品多具社会现实意义，也就是说，他是一个厌恶战争、忧国忧民的诗人。

李白的诗多体现的是安闲、逍遥和无忧无虑。李白酷爱喝酒，所以写出许多诸如"一杯复一杯"等有关饮酒的诗句。人们从他的

---

① 松尾芭蕉（1644—1694）：日本江户时代前期俳谐师。他的功绩是把俳句形式推向了顶峰。

诗句中可以清楚地看到，李白不仅嗜好喝酒，也非常享受喝酒。而杜甫尽管也写过一些关于饮酒的古诗，但他未必享受喝酒。诗中表面描写饮酒，实则隐藏着心中躲闪不及的苦闷。我认为，从这一点上，我们也能够明了李白与杜甫作诗时的不同心境。具体说来，杜甫只会不断品尝痛苦，而李白则想方设法从痛苦的现实当中逃离出来，试图活在自己构建的浪漫世界里。

　　除了李白和杜甫之外，唐代还有很多诗人。我首推王维。自六朝时期陶渊明、谢灵运以来，山水田园生活已经成为诗歌创作的重要主题。王维在前人的基础上踵事增华，重建了唐代山水诗的风格。王维曾担任尚书右丞，故世称"王右丞"。晚年的时候，他特地在辋川建造了别墅，悠然自得地在山中过着半官半隐的生活。相传在初唐时，辋川别墅为宋之问所有，后来王维在此基础上营造改新。他所写的五言律诗"空山不见人，但闻人语响。返景入深林，复照青苔上"，也广为日本人传诵。这首诗的大意是，山中空旷寂静看不见人，但有时会听到人的说话声。夕阳的金光直射入深林，又照在幽暗处的青苔上。我们一定有类似的经历，尽管山中空无一人，但能听到人语声响。虽然树林深处因幽暗而显得深邃，但此时夕阳返照，射入树林深处，林间一瞬间被夕阳照亮。此外，我们熟知的古诗还有他写给元二的《送元二使安西》，诗中写道："渭城朝雨浥轻尘，客舍青青柳色新。劝君更尽一杯酒，西出阳关无故人。"大意是，在一个淅淅沥沥下着雨的早晨，我把朋友送到渭城。客舍前面种植着柳树，柳树被雨水沾湿，显得格外清新。老朋友，请你再干一杯饯别的酒吧，因为出了阳关就再也没有我这样的老朋友了。

　　与王维诗风相似的诗人，还有孟浩然。可以说，他也是陶渊明、谢灵运之后的著名山水田园派诗人。

在唐朝，朝廷大量出兵西域，很多人被迫出征，由此，诞生了许多讴歌悲伤、离别、出征的诗人。通过诗词来表达对战争的厌恶以及战争带给人们的疾苦，除杜甫外，还有很多诗人，如高适等。不过，在那样的年代，无论哪个诗人都写过类似的古诗，像王昌龄、王之涣、储光羲等人，都写过有关出征离别的古诗。比如诗人王翰[①]的《凉州词》，描写的就是被迫出征边境凉州的军士们的心境。"葡萄美酒夜光杯，欲饮琵琶马上催。醉卧沙场君莫笑，古来征战几人回。"酒宴上，夜光杯盛满甘醇的葡萄美酒。正要畅饮时，马上琵琶也声声响起，仿佛催人出征。军士们个个豪情满怀。今日一醉，即便卧倒在沙场之上，你也莫要取笑啊。自古以来，出征的人又有几个是能活着回来的？既然无法预料明天，那就让我们今天一醉方休。虽然诗文内容华艳不俗，实则隐藏着凄凉与悲壮的心情。我认为，这首诗具有盛唐时期边塞诗的特点，表达了将士出征离别与奔赴战场的心情。当然，在那个时期，类似这样的古诗是很多的。

"安史之乱"导致唐朝由盛转衰，"安史之乱"后即进入中唐时期。经过"安史之乱"，唐朝繁荣、稳定的局面一去不复返，政治上的动乱不安也导致了经济的萧条，所以，当时出现了很多致力于描写社会现状的诗人。比如，日本人所熟知的中唐大诗人白居易。我说白居易可能很多人对不上号，但要说起白乐天，相信大家顿时就明白了。说起诗人白居易，我们立刻会联想到他的《长恨歌》和《琵

---

① 王翰（约687—726）：字子羽，并州晋阳（今山西太原市）人，唐代边塞诗人。其集不传，其诗载于《全唐诗》的，仅有十四首。

琶行》。白居易深受杜甫影响，作品富有强烈的现实性，并写出了很多讽喻诗①。我认为，白居易现实性诗作的成就虽不及杜甫，却是在杜甫影响下成就的诗人，他的《新乐府五十篇》《秦中吟》等古诗都属于讽喻诗。白居易的朋友元稹，所作诗歌以平易见长。他的诗作运用古典比较多，内容浅显易懂。不过，对于日本人来说，理解起来就不那么容易了。但他的作品放在当时，确实是非常浅显易懂的。人们取二人之姓氏合称"元白体"，来命名二人平易的诗作风格。虽然有人指责"元白体"，说它是"元轻白俗"——即元稹的诗轻佻，白居易的诗俚俗，但不可否认的是，元稹与白居易对唐诗所做的贡献是无人可比的。

　　白居易与元稹二人，我认为，作为诗人还是白居易更胜一筹。他一直担任朝廷要员，后被贬为江州（今江西九江）司马。在此期间，他写出了名篇《琵琶行》。之后，又被任命为刑部侍郎。晚年，白居易笃信佛教。日本人因白居易的《长恨歌》与《琵琶行》而对他熟知了解，其原因之一就是他的诗歌通俗易懂，再就是《长恨歌》与《琵琶行》内容风趣，作为叙事诗给日本人耳目一新的感觉。这两首诗作均被收录在《唐物语》中。其中，白居易的《琵琶行》后来成为日本谣曲②的素材。到了江户时代，在歌舞伎的演出节目中引入了《琵琶行》的内容。这就是日本人了解《琵琶行》的一个重要渠道。

① 讽喻诗：古代文学题材之一。代表作是新乐府《秦中吟》。
② 谣曲：日本古典歌舞剧"能"的台本，简称"谣"。"能"是日本室町时代在猿乐（类似中国唐代的散乐）的基础上经过改革、提高而创造出来的综合性舞台艺术。题材多取自文史典籍，也有一些取材于社会现实。

唐代还有个诗人叫顾况①，他是白居易与元稹的前辈。事实上，我认为白居易与元稹等的平易近人的作诗风格来源于顾况。仔细阅读顾况的作品，会发现他所作之诗经常毫无顾忌地使用地方方言，非常豪放自由。由此可以看出，顾况是从盛唐时代格律谨严的作诗风格中抽离出来，旨在做出体裁更加自由的诗歌的第一人。我认为，顾况在先，是他的诗风影响了白居易与元稹。从白居易的诗作得到顾况认可这一点上，就能够证明我的这种想法并非无中生有。中唐时代，诗风通俗易懂的诗人也是非常多的。

诗人刘禹锡经常阅读和收集民歌、民谣，并吸取其中精华来创作诗歌。我认为白居易、顾况、刘禹锡的作诗风格可以体现中唐时期的诗风特色，但不能完全代表。因为与之相反，还有许多诗风复杂的诗人，比如韩愈、孟郊、韦应物、柳宗元等人，这些人作为散文家也是非常有名的，但他们所作之诗都非常晦涩难解。还有诗人李贺，他二十七岁英年早逝。这个人的诗也非常难懂。我认为非常有趣的是，中唐时期既有通俗易懂的诗歌，也有晦涩难懂的诗作。韩愈、孟郊、韦应物、柳宗元还有李贺，他们的作诗风格也可以体现中唐时期的特点。如果李贺二十七岁没死，一直活到老年，或许作诗风格会发生变化。但从其流传至今的诗歌来看，他的诗歌充满了幻想色彩，可以说是中国为数不多的幻想派诗人之一。李贺的诗歌能够表现现实社会的缺陷，试图在幻想中得到心理上的满足。所

---

① 顾况：字逋翁，号华阳真逸，海盐人。唐代诗人、画家、鉴赏家。他一生官位不高，曾任著作郎，因作诗嘲讽得罪权贵，贬饶州司户参军。晚年隐居茅山，有《华阳集》行世。是"元白"乐府的先声。

以，从这个层面上来说，他是一位颇享盛誉的浪漫主义诗人。据记载，李贺就连去世时都充满了幻想。日本近代作家泉镜花①也特别爱读李贺的诗，而他的作品也具有浪漫主义色彩。由此，我明白了他为何如此钟爱李贺的诗歌。

最后我要说一下晚唐。从某种意义上来讲，晚唐的诗歌走入没落颓废时期，作诗风格上多注重技巧，辞藻颇为艳丽，出现了李商隐、温庭筠、杜牧、韩偓②等代表性诗人。相比李商隐而言，温庭筠个人生活轻薄，其诗辞藻华丽、浓艳精致，擅长运用与众不同的词语。所以，从这个角度来看，可以说他也是个难懂的诗人。

说起浓艳之诗，韩偓也在此列。他的诗集被称为《香奁集》，"香奁"指的是妇女用于盛放红白香粉的妆匣子。他的诗集以妇人妆匣为名，我认为，凡是读过这个诗集的人，都不难理解其中之意。

杜牧也是日本人所熟知的诗人。因为他仰慕杜甫，所以很多地方都借鉴杜甫。事实上，他也确实作过许多类似杜甫风格的诗歌。日本人所熟知的《江南春》就是其中之一。"千里莺啼绿映红，水村山郭酒旗风。南朝四百八十寺，多少楼台烟雨中。"这首诗描写的是一幅如同水彩画般的江南春景。从这首诗中我们能够看出晚唐诗的韵味：诗中画面虽然美丽，但缺乏力度，可以从中看到背后颓废的影子。而杜牧的诗句"烟笼寒水月笼沙，夜泊秦淮近酒家"，也能映射出诗歌随社会衰落而颓废的痕迹。

---

① 泉镜花（1873—1939）：日本小说家，原名镜太郎。
② 韩偓（约842—约923）：晚唐五代诗人，其诗多写艳情，称为"香奁体"。

说起晚唐女诗人，我想谈一下鱼玄机①。她的一生犹如晚唐一样，喧阗中散发着衰腐的气息。她是长安艺伎的女儿，不久被人爱慕纳为妾，随后又出家做了尼姑。进入尼姑庵之后，她开始沉沦，自暴自弃。因自己年轻的婢女与自己的情人有染，所以杀死了婢女。事情败露之后，她被处以死刑。我认为，女诗人鱼玄机的一生犹如晚唐一样颓废。

　　森鸥外②曾以《鱼玄机》为题写过一篇小说。准确地说，与其说是小说，倒不如说是有关鱼玄机的传记。对此感兴趣的话不妨去读一下。森鸥外在这部小说中，也写到了前面提到的诗人温庭筠与李商隐。对于鱼玄机来说，虽然温庭筠是她的老师，但他们之间显然已经超越了师生的关系。森鸥外在小说里也稍微提及这一点。我认为，读一读森鸥外的《鱼玄机》，多少会对晚唐的诗坛有所了解。

　　初唐、盛唐、中唐、晚唐，横跨三个世纪，大概 290 年，此期间发生的事情，我洋洋洒洒地谈了很多。如果能够帮助大家从中了解每个阶段诗人的作诗风格的话，我将感到十分荣幸。

---

① 鱼玄机：女，晚唐诗人，长安（今陕西西安）人。鱼玄机性聪慧，有才思，好读书，尤工诗。与李冶、薛涛、刘采春并称唐代四大女诗人。其诗作现存五十首，收于《全唐诗》。有《鱼玄机集》一卷。其事迹见《唐才子传》等书。

② 森鸥外（1862—1922）：日本医生、药剂师、小说家、评论家、翻译家。曾赴德国留学，深受叔本华、哈特曼唯心主义的影响，哈特曼的美学思想成为他后来从事文学创作的理论依据，著有《舞女》《阿部一家》等。

唐代传奇小说

　　"小说"这个词语来自古代的汉语。我们不妨来设想一下，要是把很短小的故事称为"长篇小说"的话，你一定会觉得很奇怪。可是，人们却很自然地把那些长篇的故事也称为"小说"。若是仔细琢磨起来的话，不免会感觉奇怪。但不管是短小的故事，还是长篇的故事，中国人都一律称之为"小说"。

　　关于小说的起源，可谓众说纷纭。我在前面曾提到，中国的《汉书·艺文志》里就有"稗官"这种官职。所谓"稗官"，指的就是古代专门收集街谈巷语、风俗故事的小官。后来，人们就把它当作"小说"的代名词。稗官这个职业应该属于公务员，他们将搜集来的街谈巷语用作小说故事的素材。中国人习惯于将民间的各种逸事称为"街谈巷语"。在古代，"巷语"还有神圣的意思。也就是说，民间的逸事被赋予了神的旨意。这也是人们最古老的信仰。既然街谈巷语体现着神的旨意，那么，我们就不难推断，最初的小说，也是隐含着神谕的吧。

时代在变迁。恰如《六朝文学论集》中论述的那样，六朝时期出现了真正意义上的小说，而到了唐代，小说开始走向成熟。为什么说从唐代开始小说才真正走向成熟呢？那是因为六朝时期的小说描述的只是一些奇异的事情，并没有完整的故事情节，人们甚至难以弄清事情的来龙去脉，而到了唐代，出现了具有故事情节的小说。唐代的小说虽然故事都很短，但基本都是围绕一条线索展开的。许多文学史料都认为，短篇小说是唐代才开始出现的。不过，对于这种说法，我是持有不同看法的。实际上，"短篇小说"这种说法，是欧洲文学的用语。19 世纪之后，这种所谓的"短篇小说"，作为一种近代文学体裁诞生了。而唐代的小说，在篇幅上是非常短的。如果在这个基础上进一步展开的话，也就是后来的长篇小说了。换言之，我们可以把唐代的小说，当作后来的长篇小说的故事梗概来看待。这就有点像是电影的故事概要。

那么，为什么唐代诞生了真正意义上的具有故事情节的小说呢？我认为，其一，要归功于唐代文化的繁荣。说起唐代文化，可以说它是东西方文化融合的产物。在唐代，人们的精神生活与以前相比较，有了很大的变化，显得空前丰富多彩。在宗教方面，基督教传入了中国，佛教、道教自不必说，还有琐罗亚斯德教①、三阶教②等各种宗教相继传入，这使得唐代人们的精神生活呈现多元化

---

① 琐罗亚斯德教：伊斯兰教诞生之前中东和西亚最具影响力的宗教，古代波斯帝国的国教。中国人也称之为"拜火教""祆教"。
② 三阶教：中国佛教派别，又称三阶宗、第三阶宗、三阶佛法等。隋代僧人信行创立。因受佛教其他各宗的攻讦和封建王朝的禁止，传播 300 余年后，湮没不传。

趋势。唐代的美术工艺也得到了前所未有的发展，人们生活水平得到了很大提高。因此，我们可以认为，精神与物质生活的富足，为唐代小说的产生奠定了重要的基础。

其二，从某种意义上讲，唐代突破了六朝时期呆板的文学形式，在"古文运动"的旗帜下，涌现了一批自由活泼的文章和散文。我认为，这也是唐朝小说兴起的一个原因。关于中国散文的解放运动，我将另写文章再作介绍。唐代的"古文运动"，是一次具有开创性意义的实践，是小说产生的最直接的动力。在后来的近代文学革命潮流之中，中国的白话文运动①也随之兴起，可以说，这是中国文学史上的一次语言大解放。

其三，选拔官员的科举制度的实施，产生了许多科举落第之人。这些知识分子开始接触一般士大夫不触碰的领域，即小说。所以，我认为这个阶层的大量增加也是小说产生的原动力之一。

我们通常把唐代小说称为传奇。因传达奇特、怪异之事，故名，亦称传奇小说。唐代传奇小说的分类可以说因人而异，有很多种分法，但我认为大致可以分为三类：一是与恋爱有关的风流韵事小说，二是神仙鬼怪小说，三是与侠士有关的侠义小说。当然，这种划分方法有些笼统，因为在侠士小说中也穿插着恋爱或者神仙鬼怪等内容，分类起来就不够准确。不过，为了便于叙述，这里我姑且就把它们分为这三大类吧。

说起恋爱题材的小说，我想，日本人可能马上会想到《游仙窟》

---

① 白话文运动：在20世纪早期的中国文化界中，一群受过西方教育（当时称为新式教育）的人发起的一次革新运动。

这个熟悉的故事吧。

据说，《游仙窟》由唐代文人张鷟所著。虽然唐代传奇小说的作者都是有记载的，但我认为也未必完全准确。《游仙窟》是一部在中国失传很久的唐朝小说，但它却传到了日本。我曾听到过这样一种说法，说是在日本明治时期，一个偶然的机会，有人发现中国的唐代竟然有过《游仙窟》这么一部小说，所以，就又将它重新引回了中国。"游仙窟"这个词出现在《万叶集》中，所以，可以断定，《万叶集》的作者曾经读过这本书。在日本有许多《游仙窟》的改编版本以及歌曲，都可以作为"万叶人"曾经读过《游仙窟》的佐证。即使到了平安时代，《游仙窟》依然为大家所喜爱。直到今天，日本还保存着当时传入京都醍醐寺①和名古屋真福寺②的"醍醐寺版本""真福寺版本"等国宝级的抄本。

进入江户时代，日本又出现了《游仙窟》的元禄版。由此可见，《游仙窟》对日本文学的影响也是非同一般的。《游仙窟》还被《唐物语》收录。后来又陆续出现了《游仙窟春雨草纸》③等传奇小说，把故事发生的地点改成了花街柳巷。同时，也出现了很多描写妓院生活的诙谐小说。这些都成为日本文学非常重要的部分。

《游仙窟》这个故事读起来有些索然无味。故事是这样的：一

---

① 醍醐寺：位于日本京都市伏见区，是日本佛教真言宗醍醐派的总寺，相传是日本真言宗开宗祖师空海的徒孙圣宝于公元874年创建。该寺于1994年作为"古都京都的文物"被列为世界文化遗产，寺中的金堂、五重塔等许多建筑物也被指定为日本的"国宝"。

② 真福寺：位于名古屋，属日本真言宗智山派。别称宝生院、大须观音。所藏书籍以大须本、真福寺本为著名，其余佛教重要典籍也甚多。

③ 《游仙窟春雨草纸》：五世川柳（1787—1858）作于1850年前后。

个叫张生的男子在旅途中闯入一个山洞，被一个正在洗衣服的女子领到一处十分豪华的住宅里。那里住着两个女子，一个名叫"五嫂"，另一个名叫"十娘"。十娘既美丽又善解风情，张生立马就被迷住了。三人相互用诗歌酬答调情。张生跟十娘在那里度过了一个美好的夜晚，第二天早上两人依依惜别。故事十分简单，缺乏故事情节，给人以单调枯燥的感觉。不过，即便如此，对于万叶年代的日本人来说，仍有一种耳目一新的感觉。

我认为，虽说《游仙窟》算是唐代的爱情小说，不过，要是说起真正意义上的爱情小说，还要数白居易的弟弟白行简①所写的《李娃传》。"李娃"是一位女子的名字。在日本的室町时代，《李娃传》被翻译成日文，也就是人们所熟知的室町小说《李娃物语》。由此，我们可以看出，唐代小说是怎样受到当时日本人的喜爱。

李娃是长安的艺伎，有个科举考试落第的青年对她一见倾心，最后资财耗尽，不得不去殡葬场所打工，靠唱挽歌养活自己。可是，他在参加挽歌比赛的过程中，被自己的父亲认了出来。其父觉得十分丢人，便与他断绝了父子关系。后来，这个青年沦落为乞丐。在一个大雪之夜，这个青年在行乞时被李娃认出。李娃出手相救，倾尽所有帮助他、鼓励他。他终于科举连中，登第为官，也与父亲和好如初。最后，他与李娃结为夫妇。这个故事结局圆满，广为人们传诵。据说，《李娃传》早年就传入日本，受到日本读者的广泛关注。

---

① 白行简（776—826）：唐代文学家，字知退，下邽（今陕西渭南东北）人，著名文学家白居易之弟。白行简文笔优美，著有《李娃传》《三梦记》等唐人传奇。白行简所作《天地阴阳交欢大乐赋》堪称古今第一大奇文。

还有诗人元稹所写的《莺莺传》，亦称《会真记》。书中讲述一个叫张生的男子在一寺庙里遇到了女子莺莺，对她一见倾心。后经婢女红娘传书，几经反复，两人终于花好月圆。虽然是比较无聊的剧情，但我认为《莺莺传》也是为日本人喜爱的小说之一。

我认为在唐代小说中，比起爱情小说，更有趣的是怪异小说。比如，沈既济所著的《枕中记》，也就是日本人非常熟知的《邯郸梦之枕》。我相信一定有许多人听说过这个故事。一个叫卢生的青年男子进京赶考，期待功成名就。一天，当他途经邯郸的时候，在郊外的茶馆里遇见了道士吕翁。卢生从吕翁那里借了一个枕头睡午觉。在梦里，他梦到自己功成名就，荣升为大宰相。可是，猛然惊醒，转身坐起，发现一切如故，自己还在邯郸的茶馆里——原来只不过是一场黄粱美梦。人生所经历的荣华富贵，结局不过就是南柯一梦而已。卢生悟出这个道理之后，立刻拜谢而去。

当时，社会上普遍宣扬这种思想。故事情节与之相似的，还有唐代小说《南柯太守传》，作者是李公佐。书中写到，男子淳于棼醉倒在大槐树下，昏然入睡。忽见紫衣使者邀请，向古槐穴而去。入大槐安国，拜见国王，被招为驸马，又拜为南柯郡太守，但在与邻国交战的时候大败。不久，公主病死，淳于棼郁郁寡欢，神经衰弱。国王命人将他送归故里。他一下子从梦中惊醒。为了确认此事的真伪，淳于棼返回槐树下，发现一个蚂蚁穴。挖开蚁穴，发现里面与梦中的槐安国景色极其相似。于是，他感悟人生荣华富贵之虚幻，遂栖心道门，弃绝酒色。这样看来，《南柯太守传》与《枕中记》两部小说在主题上一致，写法上亦有异曲同工之处。

正如我前面所述，唐代的怪异小说所宣扬的，大多是荣华富贵乃倘来之物，以及浮生若梦的思想。当然，除了宣扬这种思想之外，唐代怪异小说还讲了很多奇异的故事。比如作者不详的《补江总白猿传》，讲述了一段非常奇怪的人兽婚姻。梁朝大将军欧阳纥的妻子被白猿掳走，欧阳纥运用策略夺回了妻子。但一年后，妻子生下了一个酷似猴子的孩子。后来，欧阳纥被陈武帝诛杀。与欧阳纥交好的江总收留抚养了这个孩子，使之幸免于难。这个孩子长大后，文笔很好，闻名于世。类似人兽相恋的小说，还有沈既济编著的《任氏传》。书中描写由狐狸幻化的女子任氏与男子郑六同居，后来，任氏被一只猎犬识破，死于猎犬之口。丈夫郑六厚葬了这个狐仙。这也是一个关于人兽相恋的故事，类似这样的妖怪传说还有许多。

说起侠义故事，我觉得比较有意思的是《无双传》。小说中描述男子王仙客喜欢自己的表妹刘无双，两人青梅竹马，但父母不允许。因发生动乱，两人被迫分离。后来，虽然王仙客与刘无双相见了，然无奈刘无双此时已经成为宫女，不能结婚。豪侠之士古押衙愿意帮助王仙客，设法令无双服药假死。然后赎其尸，用解药使其复苏。解救刘无双取得了成功，但为了保密起见，古押衙将参与此事的人全部杀死，最后也自刎身亡。这是一个非常不可思议的故事。除此之外，侠义故事还有《红线传》《虬髯客传》《昆仑奴传》等。

唐代小说对后世文学的影响可以说是巨大的，尤其是受其影响诞生了很多戏剧作品。比如，我刚才所说的《枕中记》，描述的是有关邯郸梦的故事，马致远把它改编成杂剧，命名为《邯郸道省悟黄粱梦》。到了明代，汤显祖又把它改编成戏剧《邯郸记》。又如《长恨传》是一部唐代的传奇小说，描写的是唐玄宗与杨贵妃之间的悲伤爱情故事。以这部小说改编的戏剧故事就更多了，在元代有白朴的《梧桐雨》，在清代有洪昇的《长生殿传奇》，等等。

戏剧《倩女离魂》是郑光祖的代表作，故事源自唐代的传奇小说《离魂记》。小说描写了一个灵魂出窍的倩女，一直陪伴着自己心爱的男子，而男子对于倩女灵魂出窍的事情并不知情。后来，倩女说自己擅自离开父母，想回去跟父母道歉。于是，二人便一起返回家乡。而事实上，倩女的肉体一直卧病在床。男子携倩女的灵魂回到她家中，使得倩女的魂魄与病躯合而为一，皆大欢喜。这部戏剧所讲述的，就是一个离开肉体的灵魂与一个男子同居的故事。以《离魂记》为题材，郑光祖把它改编成了戏剧《倩女离魂》。在唐代，像这样的离奇怪异之事非常多，它们大多被改编成了戏剧。这就是说，后世许多戏曲的题材都来源于唐代的小说。

我上面说的都是以文言形式写作的小说。据说，也有以白话体写作的小说。在敦煌发现的《秋胡变文》，就是白话体小说存在的最好证明。一个名叫秋胡的男子回到阔别已久的家乡，在家乡的田间，秋胡看到他妻子正在采桑。二人因长久未相见，妻子没有认出面前衣锦还乡的丈夫。秋胡就用调戏的言语来试探妻子。妻子非常气愤，回到家中跟家人诉说了刚才在桑田里遭到调戏的事情。正在这时，秋胡进了家门，妻子发现刚才在桑田里调戏自己的竟然是自己的丈夫，便不再相信他，一气之下自尽了。《秋胡变文》是以白话体写的。除此之外，唐代还有《太宗入冥记》，也是白话文小说，描写的是地狱的故事。当时既有文言小说，也有白话文小说。

文言小说究竟是什么样子的？所谓文言小说，就是知识分子阶层用古语所写的小说。而白话小说的兴起，也促进了变文①的发展。变文是在敦煌石窟里发现的，多用韵文和散文交错写成。由于白话小说多是用俗语、口语写成的，所以普遍认为它是受到了变文的影响。说起变文，现存敦煌写本《降魔变文》中，就有"开元天宝、圣文神武、应道皇帝"的称号，由此可见，盛唐时代是已知变文出现最早的确切年代。

变文首先出现于佛寺禅门。佛教僧侣为了使深奥的佛理经义通俗化，招徕更多的听众，就以变文的形式编写佛经故事。比如，《降魔变文》《地狱变文》《目连救母变文》等，都是与宗教信仰有关的变文。但是，《王昭君变文》《伍子胥变文》等均与宗教信仰没有关系。因此，变文作为脱离宗教信仰的说唱艺术，在唐代就已经诞生了。由此可以推断，变文对唐代文人的创作是具有一定影响的。同时，也是《唐太宗入冥记》《秋胡变文》等白话小说产生的原动力。

通过唐代小说，我们可以看出当时社会的发展情况。比如，大家熟知的芥川龙之介的小说《杜子春》，就是从中国唐代同名故事《杜子春传》取材而来的。有个名叫杜子春的男子，他饿了一天的肚子，郁郁寡欢地在长安的市场上转悠。这时，不知从何处冒出一个老人。这个老人让杜子春去波斯邸找他，说是能够让他变成有钱人。波斯邸就是波斯公馆。那时候人们把存放商品的仓库称为"邸"。通过小说，我们了解到当时的长安与波斯的贸易已经达到了

---

① 变文：中国唐朝受佛教传播影响而兴起的一种讲唱文学体裁，是佛教通俗化、佛经再翻译的产物。由于佛经经文过于晦涩，僧侣为了传讲佛经，便将佛经中的道理和佛经中的故事用讲唱的方式表现，使这些故事内容通俗易懂，写成稿本后即是变文。后来，变文的内容从演绎佛经故事发展为讲述历史民间故事。

很高的水准。所以在长安有许多存放波斯进口商品的仓库。

唐代的长安有东、西两个大市场。市场里还开设了售卖殡葬用品的铺子。《李娃传》中钟情李娃的青年就是在殡仪铺子里负责道具摆放等事宜，还参加挽歌比赛。由此可以推断，当时在殡葬方面，就有各种例行的仪式活动存在。由于历史书籍中没有相关记载，我们就只好通过小说来了解了。举行挽歌比赛，也是当时殡葬的一种风俗习惯。这些情况其他书中没有记载，我们也是通过小说得知的。除此之外，诸如和服、食物还有游乐场所等与风俗相关的事情，正史与相关文献里都没有记载。但通过阅读小说，可以还原当时部分百姓生活的风貌。据小说作品《板桥三娘子》，我们了解到烧饼好像是当时的主食。当时如果留宿在旅店的话，早餐就会提供烧饼。由此我们知道了这样一个历史事实——现在的烧饼是用小麦粉做的，但那时是用荞麦粉做的。这些都是正规历史文献不曾记载过的，通过小说我们才能得以了解。

这么说来，如果想研究唐代的生活、风俗习惯等，我认为，唐代小说、唐代传奇就是最好的参考资料，也非常具有现实意义。

中国戏曲漫谈

今天来聊聊戏剧这个话题吧。不管在中国、日本还是古希腊等国，戏剧的产生和发展都有着相似的历程。翻阅中国的历史文献，不难发现，戏剧的诞生与祭祀活动有着密不可分的渊源。

《诗经·国风》中有篇幅不少的文艺诗，如《宛丘》《东门之枌》这一类诗歌，描绘了舞者或在宛丘下，或在东门的白榆树下跳舞的场景。用当今的说法，这些舞者被称为演员或舞蹈家，而在当时，大抵要被叫作"艺人"。当时的"艺人"当然有别于当今的"艺人"，当时的"艺人"就是传说中的"巫师""巫女"，他们是介于人与神之间的，借用艺术表演的形式展现在众人面前，百姓也把他们视为神圣的存在。我想这大概就是戏剧的起源吧。《楚辞·天问》等诗中描写的，也大多是由巫师演绎的戏剧。虽说是戏剧，舞蹈却占了大半。我想，这大约就是以神话为题材的一种艺术形式吧。那些演员都是巫师，后来，这些巫师的表演就演变成了"滑稽戏"。

进入汉代以后，这些巫师常常伴随君王将相左右，为其献上各种诙谐幽默的艺术表演，生活中大家习惯称这些表演为"滑稽戏"。滑稽就是可笑，这些演员是如何表现滑稽可笑、诙谐幽默的呢？无非是说说俏皮话，讲讲笑话，再用夸张的肢体动作表现出来。这是一种令人捧腹大笑的表演。不过，司马迁撰写的《史记》里有一章《滑稽列传》，其中的滑稽戏名角并不只是靠说说俏皮话、做做搞笑夸张的动作就能胜任的。滑稽戏表演中，音乐伴奏也是不可或缺的要素。譬如《滑稽列传》中有位出场的孟姓演员，他是作为奏乐者、乐师的身份出场的。在当时，会些绝活的、言语动作幽默的、擅长插科打诨的人，都被称为"滑稽"。另外，还有"侏儒"这种角色。这个角色都是小矮人，身材极其矮小，外观上一看就觉得可笑滑稽，他们好像天生长得与常人不同。这些侏儒常伴在贵族身旁，或者在宴会上，或者在主人闲得无聊需要解闷时，给他们表演助兴。

侏儒们看似身份卑微，其实他们常常给主人们进言献策，而主人好像也很乐意采纳他们的建议。可以这样认为，在古代，侏儒传承了巫师的神圣职责。他们奉神的旨意，扮演着下达神谕的角色。这种古老的意义即使到了汉代依然存在，读《滑稽列传》时，大致能推断出这点。

据说在日本的室町时代，大名身边也有一些被称作"僧伽"的人。这些人与中国古代的侏儒作用相似。后来，"僧伽"这个角色渐渐没落，演变成了以助酒兴为业的艺人。这种角色的现实版本也是有的，比如，当时的曾吕利新左卫门①，就有着"僧伽"的风貌与

---

① 曾吕利新左卫门：日本战国时期在丰臣秀吉身边侍奉的僧伽，亦是谋士。

痕迹，与中国的侏儒十分相似。

遗憾的是，现在再也弄不明白巫师演绎的内容了，但大致能猜想出他们在表演神话题材的时候，更多使用的是舞蹈这种表现手法。巫师表演的舞蹈，主要运用回旋和跳跃的动作，来向观众传递神话或信仰的寓意。

辞赋是中国文学的另外一种体裁。它先是设问，后面的内容则几乎全是对设问的回答。设问极其简单，而回答的内容却很长很长。这种问答的形式，也就是对话体。我想，这不正是古代戏剧最常见的形式吗？发问的人先登场，再由扮演巫师的演员针对问题上场表演、回答。

接下来我们聊聊灵魂的"灵"，这个"灵"与"巫"的内容十分相似。巫师装扮成神灵的样子出现，就成了"灵"的化身。日本每个季节都有很多传统祭祀活动，届时会有装扮特殊的人物出现，有的装扮成鬼的可怕样子，有的打扮成恶神凶煞的模样，当然，也一定会出现喜神①。中国所谓的"灵"，不也是这样一种"喜神"？总之，人装扮成神的样子，出现在众人面前，就算是一种戏剧的演绎形式吧。

到了汉代，表演的内容已经发展得很丰富了，像杂剧、杂艺已经发展得十分成熟。当时的中国，从西方国家传入了很多风俗文化，如魔术等，令人们耳目一新。《文选》收录了张衡的《西京赋》②，

---

① 喜神：即"吉神"。人们总是希望趋吉避凶、追求喜乐，所以要造出一个喜神来。
② 《西京赋》：东汉文学家、科学家张衡所作，与《东京赋》合称《二京赋》。《西京赋》描述了长安的繁华，讽刺了社会的奢靡风气，有一定文学价值和历史研究价值。

其中记载了在平乐观①演出的角抵戏②。平乐观是中国古代的一个剧场，从外观来看，并非室内剧场，而是露天的，单独辟出一块地，命名为平乐观，也就算露天剧场吧。据说，当时角抵戏的演出都是在露天剧场。

角抵戏，顾名思义，就是演员戴着动物角做成的面具来表演。现在来看，表演的内容也就是杂技、轻功、摔跤、举重等。"角抵"这个词，就是力士们角力的意思。角力是力量的较量，把对手摔倒，而后分出胜负。角力也是角抵戏的一种，就是演员装扮成有角的猛兽互相角逐。

张衡的《西京赋》中描写了豹、熊、虎、猿，还有名为"雀"而实际上不知为何物的东西，再就是白象、蟾蜍、蛇、龟等，在舞台上表演的情景。但这种表演并非马戏团中的真实动物，而是由人装扮成动物的样子，要么表现得幽默可爱，要么表现得雄壮活泼。也就是说，登场的熊、猴子、白象、蟾蜍、龟、蛇等都是虚拟的动物。还有龙，人们装扮成龙的样子，夸大它的习性与动作，都是为了博人眼球。

然而，其中的虎豹之争、龟蛇之斗，不正是角抵戏嘛？观众在看的过程中不断喝彩叫好。戏剧的故事十分简单，一般都有正反两面角色。遗憾的是，当时的剧本没能保留下来，现在，我们只能通

---

① 平乐观：汉代宫观名，亦作"平乐馆""平乐苑"。汉高祖时始建，武帝增修，在长安上林苑。
② 角抵戏：又称百戏，是对中国古代传统民俗娱乐表演艺术的泛称。秦汉时期尤为盛行。以角抵为基础的、有故事情节和配乐的武打娱乐活动称角抵戏。包括的项目有杂技、武打、幻术、舞蹈、歌舞戏等。

过古人撰写的纪事来推测一二了。有位学者在给《文选》加注时写道：牵来真的豹、熊、虎等动物来参加表演。我对这种注释持保留意见，刚刚提到的动物中不是还包括龙嘛，这完全只能由人扮演。由人们装扮成这些动物，会激起观众观看的欲望，这恰恰是戏剧想要产生的效果。

到了六朝时期，戏剧的情节变得更加通俗易懂，也更接近于当今的戏曲了。说到六朝时期的经典剧目，当属《大面》《踏摇娘》《拨头》。这三出戏也是广为流传的。至于三部戏曲的剧风、演绎手法等，我知之甚少，但由于内容简单明了，所以能够理解。

《大面》讲的是北齐时期的兰陵王高长恭。据说他勇武而貌美，常戴假面对敌。戏曲《大面》主要以歌舞的形式再现兰陵王头戴面具、英勇杀敌的作战场面。在后来传入日本的雅乐中也有《兰陵王》这一剧目。雅乐中兰陵王的面具，据说就是模仿了长恭当年所戴的假面。所以，雅乐《兰陵王》里有着《大面》的影子。这样想来，我在看雅乐的时候，又平添了几分兴致。

《踏摇娘》呈现的是北齐时期一个姓苏的醉汉。这个醉汉嗜酒如命，酩酊大醉后鼻子就会变红变烂。苏某酒品极差，每每醉后就会殴打妻子。妻子满怀悲怨，到处倾诉自己的不幸。后来这个内容被戏剧化，搬上了舞台。

接下来要说的是《拨头》。这个故事讲述的是一个来自西域的胡人，算是中亚人吧。他不幸被猛兽吞噬。后来，他的儿子历经千险万苦，寻到猛兽，为父报仇。《拨头》这一出舞剧就是由此而来。戏剧是如何展开，又是运用何种风格的演艺手法等，我所知甚少。

《大面》《踏摇娘》《拨头》这三部作品，是我偶然在书里看到的，方知六朝时期的戏剧内容大致发展到何种程度。通过内容判断，大致能猜出这就是舞蹈剧，特别是《大面》，竟然与雅乐中保留下来的《兰陵王》如此雷同，这更加坚定了我的判断。

进入唐代以后，戏曲飞速发展。皇帝唐玄宗在宫中设立了训练乐工的机构"梨园"，还为能歌善舞的女子们成立了"教坊"。还有"光宅坊"和"翊善坊"，前者是汇集音乐名家之场，后者则为舞林高手集合之所。这两处选拔出的英才，会被推荐到宫廷中的教坊，又称为"内教坊"。内教坊中的人们从事音乐、舞蹈等艺术创作，与梨园的同行联手，表演出许许多多的优秀作品。据说，玄宗皇帝本人也亲自参与剧本的创作，与梨园的演员同台演出。可以想见，当时的唐朝是何等盛世繁华、歌舞升平。

当时，戏曲不仅在宫廷内蓬勃发展，在民间也受到百姓们的欢迎。这里介绍一下唐代的"参军戏"。所谓"参军戏"，是舞台上一个叫"参军"的官员和一个叫"苍鹘"①的随从插科打诨的滑稽剧。"参军"虽然身居高位，但每每被"苍鹘"戏弄。讲到这大家会联想到什么？是否会想到日本狂言②中大名和仆人之间的故事呢？我一看到"参军戏"，马上就联想起日本狂言中出现的大名和他身边的仆人，狂言中的仆人也常常戏弄大名。大名这个角色总是呆头呆脑的，而仆人却精明伶俐，把主人玩弄于股掌之中。狂言与"参军戏"，可谓有异曲同工之妙。

---

① "苍鹘"：唐宋时期"参军戏"角色名，又称"参军苍鹘"。
② 狂言：日本一种兴起于民间、穿插于"能"剧剧目之间表演的即兴简短的笑剧，是"猿乐能"与"田乐能"的派生物。狂言与"能"剧一样，同属日本四大古典戏剧。

顺便聊一聊"脚色"。无论是"参军""苍鹘",还是大名、仆人,这些人物在中国古代戏曲文化中都被称为"脚色",其本意是指人物角色。但"脚色"在日语中又是什么含义呢?是改编原作的意思。例如某某作者的作品被某某改编、润色,改编成理念戏剧脚本等。这个词是在江户时代传入日本的,是曲解汉语的本意而被误用了。而真正的"脚色",在"参军戏"中已经展现得淋漓尽致了。

　　到了宋代,戏曲发展成为杂剧,成了更加完备的剧种。之前提到的"脚色",也不再局限于参军戏中的"参军"与"苍鹘"了,而是增加了许多新的角色,如小丑、反面角色、男演员、女演员等,各种不同的角色呈现在观众的面前。

　　中国的宋朝分为南宋与北宋。北宋的都城就是现在河南省的开封市,那时候叫汴京。南宋的都城就是当今的杭州,当时叫临安。无论北宋还是南宋,都城都十分繁盛。也就是说,宋代的百姓是生活在十分繁盛的时代,工商业发达,百姓的购买力强,国泰民安。打破这种宁静的是来自北方的少数民族——金的入侵。即便如此,远居内陆的汴京与临安依然是太平盛世。我手里还保存着记录当时汴京、临安市井风貌的《东京梦华录》①《梦粱录》②《都城纪胜》③《武林旧事》④等古籍。翻阅这些历史书,昔日繁华顿时展现在眼前。我们不难发现,那时已经出现了许多剧场。不过,当时不叫"剧

---

① 《东京梦华录》:宋代孟元老的笔记体散文,创作于宋钦宗靖康二年(1127),是一本追述北宋都城东京开封府城市风俗人情的著作。
② 《梦粱录》:宋代吴自牧著,共二十卷,是介绍南宋都城临安城市风貌的著作。
③ 《都城纪胜》:南宋笔记。又名《古杭梦游录》。
④ 《武林旧事》:宋末元初周密创作的杂史,为追忆南宋都城临安城市风貌的著作。

场"，而称作"瓦舍"或者"勾栏"。"瓦舍"这个词是怎么来的？据我所知，有各种各样的说法。但我更倾向于由于人们采用瓦片铺盖演出场所的屋顶，所以称之为"瓦舍"。而当时更多的剧场是用木板搭建的，所以"瓦舍"给人的感觉更加结实而大气。

宋朝时，文艺表演的种类已经很丰富，《都城纪胜》中《瓦舍众伎》一篇记载当时主要的表演形式有十三种，其中戏剧、杂剧是最主流的表演形式，戏曲受重视的程度可见一斑。宋朝的都城汴京和临安，美食文化非常发达，观众常常边品尝美食，边欣赏戏剧。从宋到金这段时期，杂剧、院本①等戏曲形式迅速发展，然而只留下了数百个剧名，连一个剧本都没能流传下来。现在有记载的大概有五百多个剧名，我们能通过这些剧名来大致猜测它们的内容。

通过资料，我们可以推断出宋、金时代的戏剧大体分成四个部分：最初为"艳段"②，接下来是正杂剧，最后是"杂扮"。中国戏曲最初好像就是由这三部分组成的。到了戏曲最繁盛的元代，依然是由这三部分构成的。这都是在宋代打下的基础。

宋代的戏曲表演形式多种多样，比如民俗剧"木偶戏"。木偶戏也分好几种，有普通的布偶、水上木偶、提线木偶等。其中有一种叫作"灯笼偶"的，是与火有关的玩偶剧。一开始，我也弄不懂这到底是一种什么东西，后来，偶然在群马县的藤冈附近看到有人用

---

① 院本：金代戏剧的代表样式，是"戏"向"戏曲"飞跃的过渡，在中国戏剧发展史上具有重要意义。金院本为元杂剧的形成奠定了基础。
② "艳段"：北宋杂剧由"艳段"和正杂剧组成，南宋则改为"艳段"、正杂剧、"杂扮"三段。"艳段"是正杂剧演出前的一段小节目，借以招徕观众，与正杂剧讲的不是同一个故事。

灯笼做成玩偶形状，再在它的里面点火使其发光，打造表演效果，我才恍然大悟——想必宋代时的"灯笼偶"，也就是类似这样的玩偶状的灯笼吧，观赏起来亦是十分有趣。

这类木偶戏，以及影戏^①、皮影戏等也是宋代开始发展起来的。东南亚的影画艺术，经由现在的广东地区传到中国内陆，也十分受欢迎。把桐油涂到羊皮上使它变得半透明，用这种材料做成玩偶，非常有趣。皮影戏在宋朝也得到了很好的发展。到了宋、金时期，戏曲便很快在民间流传开来。

---

① 影戏：指在纸张、兽皮或者木板上绘上人、鸟、兽等的身形，经过雕刻或施以色彩，用灯光投影的方式，再配上歌曲、音乐、台词进行演出的一种古老的戏剧形式。

中国戏曲发展的历程

中国的戏曲大致可以划分为北曲和南曲。

北曲，顾名思义就是北方民族的戏曲。早在宋代就已初见端倪，进入元代，北曲更是有了迅猛的发展。所谓的"汉史、唐诗、宋词、元曲"，元代的戏曲可被视为中国文学史上的又一个里程碑。在元代，戏曲逐步盛行起来，而诗歌却日益衰落。其实，这种现象在世界范围也是普遍存在的。伊丽莎白一世时期，莎士比亚的出现把戏剧推向繁盛，但与此同时，诗歌却走向下坡。在法国，也有让·拉辛①、高乃依、莫里哀等剧作家，他们推动戏剧达到鼎盛，同时诗歌却逐步衰弱。究其缘由，却不知所以。在中国的元代与明代，戏曲都很盛行。人们常说"元朝的北曲，明朝的南曲"，但在戏曲发

---

① 让·拉辛（1639—1699）：法国剧作家，与高乃依和莫里哀合称17世纪最伟大的三位法国剧作家，代表作品有《昂朵马格》《讼棍》《布里塔尼居斯》《蓓蕾尼丝》等。

展背后，也伴随着诗歌的衰落。其实，从广义来说，戏曲与诗歌是十分相似的，许是人们觉得戏剧和诗歌都能用来表达情感、抒发情怀吧。元代并非是汉民族统治的时代，而是蒙古人掌握政权建立的王朝。这个时代为何戏曲发展如此之快呢？对此学界众说纷纭，其中一个说法是：此前在宋朝，民间已经出现了"戏曲热"的现象，刚好到元朝时，戏曲的发展达到了顶峰；并且，在当时异族的统治下，百姓通过戏曲这种形式来寻求精神抚慰，这大概也是其中的原委吧。当时的文人墨客中，出现了好多优秀的剧作家，他们将自己的诗意、才情，通过戏曲的形式抒发出来，这种方式最终形成社会普遍的风潮。这样一个客观现实是不应该被忽视的。

元曲又是如何构成的呢？可以说当时的剧本保留得很完整，内容也十分翔实。大体上，一部戏曲由四幕构成，采用北曲的体裁和演唱方式，中国称之为"一部四折"①。然而，戏剧仅用四幕来演绎有时显得不够丰满，这就出现了辅助幕，人们称之为"楔子"。中国的戏曲和日本的能乐有着相同的内容设置，均由演唱部分和台词部分组成，演唱部分肯定是由演剧的主角担任。总之，独唱是元曲的一大特点。

在戏剧演出过程中，渐渐地开始出现一些例外。舞台上由主角一人独唱的传统演出模式，遭到了挑战。观众发现，那些滑稽演员，和那些带有解释剧情或是说明情况的人物角色，开始屡屡出现在独唱剧目的舞台上，打破了主角一人独唱到底的传统格局，丰富了观

---

① "一部四折"：一本元曲通常由四折组成，一折相当于现代剧的一幕或一场。四折是统称，分起、承、转、合四个部分，也可理解为故事的开端、发展、高潮、结局。

众的视听。当然，这样的变化并没有破坏元曲"一部四折"的基本规则，依然是以主角的独唱为主线。插入"楔子"之类的内容，只是起到辅助、衬托的效果罢了。

接下来，我们再说说戏剧体裁。在剧终的时候，会用七言或八言的两联句作为全剧的总结。以诗一般的合辙押韵的语句概括剧情，人们称之为"题目正名"[①]。那么，何为"题目正名"呢？学术界的说法可谓莫衷一是。学者盐谷温[②]先生指出，这位专司戏剧"题目正名"的人物，以七言或者八言的对句形式，写出类似剧情概要来总括全剧。再有青木正儿[③]先生，他认为，那实际就是以文字的形式书写剧情摘要，在剧场内外张贴公布，晓示大众。

从元曲开始，戏剧的角色变得丰富起来，末、旦、净、丑等角色陆续登场。"末"指的是男演员，担任主角的"末"称正末。"旦"指的是演女角的演员。"净"主要演的是反面角色。"丑"就是滑稽演员。"净"这个角色，也应该是花脸吧。就算看现在的戏曲，每每净角上场，也都是画着脸谱的装扮。中国似乎不太喜欢改变传统，自元朝起至今，戏曲的演出大体都是约定俗成的模式。从这点推断，当时元曲的净角也是画着脸谱来演出的吧。而丑角总是在脸部的正中央画一块白色。这样滑稽的装扮，可以追溯到元代，并且一直延续至今。

[①] "题目正名"：指元明杂剧和南戏的剧情提要。用两句或四句的韵语概括全剧主要关目，最后一句多是此剧的全名，而此句的末三字或四字多为此剧的简称。

[②] 盐谷温（1878—1962）：日本的汉学家，文学博士，东京帝国大学名誉教授。明治时期的汉学家盐谷青山之子，精通儒教及武道。

[③] 青木正儿（1887—1964）：日本大正至昭和中期的中国文学研究学者。

说到这里，我想说一说元曲选编之大成者臧懋循[1]。他编撰的《元曲选》成书于明朝，所以自然收录了当时众多演出内容和形式，详细情况在舞台说明中均有记载。例如"边说边拿杯子""哭泣""鞭打""骑马"等动作提示，都是标注在演出剧本上的。因此，就算只是看到这些剧本标注，也等于看到了整场戏曲的演出一般。现在中国的戏曲，是以元朝的戏曲为基础的。这一点应该没有异议。当然还可以换一种说法，那就是元代的戏曲形式经过世代传承，演变成了当今的戏剧形式。

　　众所周知，元朝的都城大都就是当今的北京城。如今在北京，我们依然能够看到元大都的遗迹。从城墙遗址判定，当时元大都的城址应该在当今北京城略微偏北的位置。元朝的北京是当时国家的中心，因此，元朝的戏曲家多半是北京人。这在钟嗣成编写的《录鬼簿》[2]一书中可以得到验证，它记载了当时戏曲表演的演员名单。这本书给我们提供了元代戏曲演员的大致脉络，他们基本都是大都人。可以看出，元代初期的戏曲演员都是北京人，而到了中期和晚期，逐渐出现了南方人。例如，苏州地区就出现了一批元曲作家。但是最初的戏曲家几乎全都是北京人。说到元曲名家，大家首先会想到关汉卿吧。最近中国对关汉卿再认识的呼声很高，田汉还写了一部戏曲，名为《关汉卿》。关汉卿的作品保留至今的大概有十四五篇，田汉把这些作品贯穿于关汉卿的一生，编写了《关汉卿》这部

---

① 臧懋循（1550—1620）：字晋叔，号顾渚山人，浙江长兴人。明代戏曲家、戏曲理论家。以编著《元曲选》而闻名，是元曲选编之集大成者。
② 《录鬼簿》：元代钟嗣成著，记录了自金代末年到元朝中期的杂剧、散曲艺人等80余人，是历史上第一部为戏子立传的书籍。

戏剧作品。据说关汉卿当年是太医院的太医，到底是弃医从文，还是弃文从医，现在也无从考证。我们姑且认为他是弃医从文吧。他的代表作《窦娥冤》描写了一个叫窦娥的姑娘蒙冤而死的悲惨故事。

下面再来说说马致远吧，他的作品《汉宫秋》应该是最有名的。《汉宫秋》写的是王昭君的故事。王昭君远嫁匈奴后，汉元帝刘奭伤心落寞，时常梦见昭君。梦中惊醒后，一只大雁朝北方的天空飞去，冷冷的月光洒落一地。至此落幕，这便是演绎王昭君故事的《汉宫秋》。白朴①笔下的《唐明皇秋夜梧桐雨》，描绘的是玄宗皇帝与杨贵妃的凄美的爱情故事。王实甫是《西厢记》的作者。据传，《西厢记》的前四部是由王实甫撰写的，最后一部是关汉卿写的，但通常说到《西厢记》，大家都会认为是王实甫的作品。《西厢记》由二十折（幕）组成。看到这也许你会疑惑：之前你不还说是"一部四折"吗？这又是怎么回事呢？难道是例外？千真万确，这次真的是例外。虽然《西厢记》有五部，但每一部都很有条理，环环相扣。总之，一部四折，五部二十折，这样一算就说得通了。王实甫的《西厢记》是最有名气的，当然，从篇幅来看，也是最长的。像关汉卿、马致远、白朴、王实甫，他们都是元朝初期比较有名的剧作家。后来，又出现了郑光祖的《倩女离魂》、乔吉的《金钱记》等作品。要是一一列举的话，恐怕光说元曲的曲名，就得花费许多时间。

如果说，元代是北曲盛行的朝代，那么，明代就是与北曲相对

---

① 白朴（1226—约1306）：原名恒，字仁甫，后改名朴，字太素，号兰谷。他是元代著名的杂剧作家，与关汉卿、马致远、郑光祖并称"元曲四大家"，代表作有《唐明皇秋夜梧桐雨》等。

峙的南曲时代。在有关南曲的著作中，《六十种曲》①最负盛名。这部作品收录了大量的南曲，一直享有盛誉，传承至今。阅读此书，可以了解南曲之全貌。

南曲与元曲在很多方面差别很大。比如元曲通常是"一部四折"，即一部戏由四幕构成；而南曲却不拘泥于幕数的多少，其幕数多少是根据剧情发展的需要，有时甚至会出现数十幕的剧目。也许，你会有疑问：几十幕的戏剧要怎么演呢？请放心，中国戏剧所使用的并不是像日本"能乐"那样的舞台背景。在同一个舞台上，他们能够依次展开剧情，演员走那么两三步，故事地点就切换到了邻国。这是他们很常见的表演方式。因此，数十幕的戏剧并不是什么稀奇的事情。没有幕数限制，这是南曲的一大特色。此外，元曲的特点是主演一人独唱，而在南曲中，独唱这个规矩已经被打破，好几个角色可以共同登台演唱。还有，与元曲不同的是，南曲时而合唱，时而分唱，演唱的方式也更加自由。

从以上这些来看，南曲和北曲的确具有很大的差异。南曲作品中最负盛名的，我认为还要数高明②笔下的《琵琶记》③。从文学的角度来看，具有非同凡响的意义。关于《琵琶记》，我在这里先说点

---

① 《六十种曲》：明代崇祯年间毛晋编辑的戏曲总集，是中国戏曲史上最早的传奇总集，也是规模最大的戏曲总集。它集中了元明两代一些著名作家的作品，选录了如《琵琶记》《玉簪记》和汤显祖"四梦"等有较高艺术成就的剧本。

② 高明（约1305—1371）：字则诚，号菜根道人，浙江瑞安人，元代戏曲作家，代表作品有《琵琶记》。

③ 《琵琶记》：元末戏曲作家高明创作的一部南戏。全剧共42出，叙写了汉代书生蔡伯喈与赵五娘悲欢离合的故事。它是中国古代戏曲中的经典名著，被誉为"传奇之祖"。

题外话吧。日本明治时代的森鸥外对这部作品抱有浓厚的兴趣，他曾在日记中写到他多次阅读高明的《琵琶记》，还写了读后感。与森鸥外亦师亦友的依田学海，也十分喜爱中国戏剧，通晓中国民俗文学。也许，森鸥外当时读《琵琶记》，就是受到他的影响吧。还有幸田露伴，也曾读过《琵琶记》。真的没有想到，明治时期的文学大家们也都读过《西厢记》《琵琶记》这类作品，真是令人佩服！我想，在当时要读懂这类中国戏曲作品，一定要下很多功夫吧。

言归正传，让我们继续来说明代的戏曲家。除了《琵琶记》的作者高明之外，不得不说的还有汤显祖了。在汤显祖创作的《玉茗堂四梦》等有关于梦的作品中，《牡丹亭还魂记》应该是最为杰出的作品。作品所描绘的是杜甫的后代杜丽娘（女）与唐代文学家柳宗元的后代柳梦梅（男）的爱情故事。杜丽娘早逝，死后还魂的杜丽娘与柳梦梅终于有了美满幸福的结局。这样一部情节跌宕起伏的戏曲作品，读起来津津有味，令人荡气回肠。我以为，似《牡丹亭还魂记》这般的戏剧作品的构思，具有十分鲜明的中国特色。

元曲延续了唐朝传奇①的风格。即使到了明代，这种风格依然不衰。之前，我们提到过北曲郑光祖的《倩女离魂》，也是依据唐代小说《离魂记》②改编的。而汤显祖的《紫钗记》③，则是参考了唐代

---

① 传奇：唐代文言短篇小说，内容多为奇闻异事，后人称之为唐人传奇或唐传奇。
② 《离魂记》：陈玄祐创作的唐代传奇小说，收入《太平广记》。
③ 《紫钗记》：明代戏剧家汤显祖创作的戏曲作品，剧情取材于唐代小说《霍小玉传》。《紫钗记》是汤显祖极具代表性的剧作之一，与《牡丹亭》《南柯记》《邯郸记》合称"临川四梦"。

小说《霍小玉传》①而进行的再创作。还有《邯郸记》，也是取自唐代小说《枕中记》②。要是关注一下后世许多有名的戏曲作品，就会发现，它们的素材差不多都取自于唐代传奇小说。

明代，除了汤显祖之外，有名的剧作家还有李日华、徐霖等，汲古阁本③中集结了好多作家。大家知道，北曲中的《西厢记》是很有名的，而可以与之媲美的，就要数李日华的《南西厢记》了。还有徐霖的《绣襦记》④，情节取自唐代传奇小说白行简的《李娃传》。《李娃传》的故事讲述了一个青年书生，他为了名妓李娃舍弃了自己的身份沦为乞丐，在雪中乞讨。他一边乞讨，一边步履蹒跚地走着。听闻乞讨声的李娃冲了出来，把自己的大褙披在他的身上，将其收留在家里，给予无微不至的照顾……因为李娃给他披上的大褙是刺绣的，戏剧便因此起名为《绣襦记》。

明代的南曲不同于元代的元曲（北曲），在内容与形式上都呈现出自身鲜明的特点。在明朝正德末年，江苏昆山这个地方，出了位名叫魏良辅⑤的音乐大家，是个音乐奇才。也许，正因为他住在昆

---

① 《霍小玉传》：蒋防创作的唐代传奇小说，代表唐传奇发展的又一高峰。

② 《枕中记》：唐代传奇小说，作者沈既济。之后一再被人续写改编，元朝马致远作《邯郸道省悟黄粱梦》，明朝汤显祖改编作《邯郸记》，清代蒲松龄作《续黄粱》等，都改编于此。

③ 汲古阁本：指明末藏书大家毛晋所刻之书。汲古阁是毛氏刻书、藏书处，故名。其刻本以《十三经注疏》《十七史》《津逮秘书》《六十种曲》影响最大，传播最广。

④ 《绣襦记》：中国戏曲，明代徐霖撰，共四十一出。是在唐白行简传奇小说《李娃传》、宋元南戏《李亚仙》、元杂剧《郑元和风雪打瓦罐》《李亚仙花酒曲江池》及朱有炖杂剧《曲江池》的基础上改编而成的。

⑤ 魏良辅（1489—1566）：原籍江西豫章，寓居于昆山、太仓，明代中叶杰出的戏曲音乐家、戏曲革新家。他融南北曲为一体，创造了"水磨腔"即昆曲，开创了昆曲艺术，被后人奉为"昆曲之祖"。

山，所以，他创作的戏曲才被称为"昆曲"吧！昆曲为很多文人所喜爱，由昆曲改编的戏剧也为数众多。

昆曲作为主流戏曲的地位一直延续到清朝，无论是洪昇的《长生殿》，还是孔尚任的《桃花扇》、李渔的《笠翁十种曲》[①]，这些有名的剧目不胜枚举，都用昆曲传唱，昆曲也一直保留着原汁原味。直至今日，昆曲爱好者依然众多。中国人十分热衷于昆曲，因为昆曲出自文人墨客之手，语言凝练又耐人寻味。就其简洁的演出形式来看，可以认为是当今中国戏曲主流——京剧的源头。

洪昇的《长生殿》、孔尚任的《桃花扇》和李渔的《笠翁十种曲》，这几部作品都各有特点。《长生殿》与我之前说到的白朴的《梧桐雨》同属一个类别，把玄宗皇帝与杨贵妃的秘史舞台化；《桃花扇》则是根据真实存在的人物——文学家侯方域的恋爱故事改编而成的剧本。说到李渔，他是个多才多艺之人，不但写了很多短篇小说，也写了剧本《笠翁十种曲》。此外，他还写随笔，开书店，并且涉猎出版等行业。这样一位才子笔下的剧本，诙谐幽默，读起来让人轻松愉快，《笠翁十种曲》就堪称诙谐之作。就这样，大体从元朝到明清，戏曲在中国逐渐盛行。

中国人喜欢戏剧，有悠久的历史传统。从元代到明代，再从明代到清代，跨越了这么久，经历了几个世纪，不知道从何时起，中国人渐渐都变成了戏曲爱好者。

清朝中后期，从安徽地区进入北京城的演员们，聚集到宫廷里

[①] 《笠翁十种曲》：李渔创作的喜剧集，因附有版画，在书史上别有盛名。

的升平署①，那是一个培养宫廷专职演员的地方。升平署在清朝，也是戏剧发展繁盛之所。如果安徽来的演员团一行到北京，表演的戏剧得到了一致好评，那这些演员会陆续被招到升平署，成为戏剧的导演。京剧由此盛行，并逐步成为中国戏剧的主流。从学术角度看，京剧正确的叫法应该是皮黄剧，但现在都不这样称谓了。

在中国，地方戏剧也十分盛行。比如自古山西就有山西梆子，如今广东有粤剧，新兴的还有上海的沪剧、湖南的湘剧，等等。这些都是地方特有的戏剧，各有特点，比如越剧的演员全部是女性，男性角色也由女性扮演；山西的梆子戏演出时十分热闹，这是京剧无法相比的……尽管形式上各有千秋，但是各个剧种的旋律都很优美动听。

就像之前介绍的，地方戏剧各有特色，但看了演出之后我们发现，它们表演的方式基本都承袭了京剧。这些地方剧是将京剧作为基础，又添加了一些地方的本土元素。演出者不同，配乐不同，台词的措辞也大相径庭。但除去这些，动作和着装等都源于京剧。可以说，京剧已经处于现在中国戏曲中心的地位了。

特别值得一提的是，新中国的文艺方针是要发掘抢救那些濒于失传的地方剧种，扶持它们健康发展。许多地方戏的资料也被陆续报送到国家的相关部门，还成立了专业的戏剧学校，培养专业戏剧人才的各种条件也正在逐步完备。虽然，中国目前的戏剧已经非常繁盛，但有些与国家方针政策不合拍的旧剧目，也还是逐渐被筛选

---

① 升平署：清代掌管宫廷戏曲演出活动的机构，称南府，始于康熙年间。南府隶属内务府，曾收罗民间艺人，以为宫廷应承演出。

掉了；还有一些经典的古老剧目也被修改了，我觉得这也是一件遗憾的事情。不过，这样一个喜爱戏剧的民族，戏剧的繁盛大概还会一直持续下去吧！

散文①的变迁

　　无论在哪个国家，说到文章，都是与文学密切相关的。特别是在中国，在传统的观念里，文章就是文学，文学也就是文章。所谓"文章"，即是词汇的组合体，因此中国文章的强大的表现力，完全源自中文的语言特色。对此，我觉得有必要先做出一些说明。

　　首先，汉语中同音异义的词语非常多。而在日语中，这种现象为数并不多。不过像"かき""はし"等词汇，也存在同音异义的现象。"かき"这个发音的词汇，既可以是植物"柿子"，也可以是贝类"牡蛎"的意思；"はし"既是"桥"的意思，也指吃饭用的"筷子"。即虽然同音，词意却不同，这种误会在日语中也是有的。

　　比起日语，汉语中同音异义的情况就太多了。为了避免混淆词

---

① 散文：中国六朝以来，为区别于韵文与骈文，把凡不押韵、不重排偶的散体文章（包括经传史书）统称为散文，后又泛指诗歌以外的所有文学体裁。

语的意思，在日语中，我们是用不同的音调来进行区分的。能够想象，汉语的声调区分就更复杂了。自古以来，汉语就有"四声"之说。四声还算是简单的，多的时候还有六声、八声呢。采用不同的声调来区分同音异义的词语，是防止意思混淆的有效方法。

汉语不太习惯用单个字来表意，而大多用两个字的词组来表达。让我们来找几个日语的汉字比较一下：例如，"あのひとは勇（ゆう）がある"，意思是说"那个人有勇"。这种说法很难理解，但如果说成"勇気（ゆうき）がある"，意为"那个人有勇气"，就好理解了。单单一个音节的"勇"字不好理解，而变成双音节的"勇气"之后，意思就很明了了。再如，"どうもわたしはそのことにひを感ずる"（对那件事，我感到非常……）。这个句子的意思比较含混，那个"ひ"字，究竟是表示否定的那个"非"呢，还是其他什么意思？要是我们把它改成"わたしはそのことについて悲哀（ひあい）を感ずる"的话，所表示的就是"我对那件事感到悲伤"。哦，原来是"悲伤"的意思，真是让人恍然大悟。另外，在"れんの情"（……之情）这个词句中，"れん"既可以是"恋爱"的"恋"字，亦可以是"怜悯"的"怜"字，可谓语焉不详。但若是写成"憐憫の情"的话，就是"可怜"的意思，就好懂了。还有表示喜悦的"歓喜"，如果仅用"かん（歓）"字，或者"き（喜）"字这样的单字，也是令人费解的，而要是说"かんき（歓喜）"的话，意思就清楚了……类似这种由复合字组成的词语有很多，而且汉语词语绝大部分由偶数单位的汉字构成，这是第一个特点。

接着我们再从语音的角度来看看。为了防止意思的混淆，人们创造了许多词语。这类词以副词、形容词居多。比如"鲜血淋漓"，比如"那是个十分磊落的人"。这个"淋漓"是由"淋"和"漓"组合在一起的，表示滴答滴答往下流淌的状态。"淋"和"漓"两个汉字的发音，都是l开头的声母，汉语里没有像日语当中r的声母（译者注：汉语中是有"r"的声母的，此处作者有误），并且是两个相同的声母接连出现。同样，"磊落"这个词也是由声母l打头，两个相同声母连用。这种情况在语音学上被称为双声①。

我们形容樱花盛开的景象时，喜欢用"樱花烂漫"这样的词语。形容一个人单纯时，喜欢说"那是个很简单的人"。在上述的句子中，"烂漫"与"简单"这两个词语一样，韵母都是"an"。一个词语里有连续两个相同的韵母，这种现象在语音学上被称为叠韵②。

正是因为上述现象的存在，才能避免形容词和副词的混淆。汉语当中有很多的同音异义现象，这是语言在自然演变过程中形成的。

我们再来说说语言的语法特征。在日语中，句子的结构构成是这样的："あれは、これを、どこへ"，是用"が/を/に/で"或"て/に/を/は/で"等助词来表达的。西方的语言是通过动词、形容词、副词等词尾的变化来体现语法的。而汉语则完全没有这种变化。汉语语法功能的展现，只靠词语搭配。这又是汉语的另一个特征。例如，"骨碌碌的小石子儿"这句话，就是通过对词语进行适当的排列组合，来体现句子的语法结构。当然，汉语还有很多其他方面的特点。因为我不是专门研究语法的，知识不够专业，这里就

---

① 双声：指两个汉字的声母相同。如"大地"[dadi]是双声，两个字的声母都是d。
② 叠韵：汉语音韵学中的一个术语，指词语中两个字的韵母或主要元音和韵尾相同，例如"荒唐""螳螂""徘徊"等，就是叠韵的词。

不再多说了。

那么，由这些要素所构成的文章，又具备了什么样的特点呢？这就是文章的暗示性特征。汉语是将一个个词语连接起来，并没有日语那样的"て/に/を/は"等助词，动词也不发生变化，它只是按照一定的逻辑关系组合排列，形成一定的语法关系。在这里，我们就不能忽视汉语的暗示功能。所以，在中国的文学作品中，我们会发现象征性的东西非常突出。

毋庸置疑，中国散文最大的特点就是简洁之美。之所以称它为"简洁之美"，是因为汉语里暗示性、象征性的意义十分突出。当然，要是说存在什么弊端的话，那就是难以揣摩。因为汉语文字含义太丰富，一些细微之处就难免令人感到模棱两可，更别提心理活动的描写——显得更加暧昧了。

汉语既具暗示性又具象征性，这就构成了"简洁之美"这样难能可贵的特征。当然，类似这样的散文，又往往流于修辞华丽。辞藻华丽，是中国散文的又一大特征。追溯到中国的古代，曾经出现过崇尚辞藻华美的时期，也出现过与之相反的尽可能避免辞藻修饰的时期。不同的时代，人们的喜好不同，而出现散文的修辞特征与非修辞特征，也是十分正常的事情。首先，让我们来谈谈中国最为古老的散文吧。中国散文的代表作，我个人认为应当首推《庄子》《孟子》《论语》《韩非子》；再向古代追溯的话，就当数《尚书》了。但由于这些作品不属于文学的范畴，这里就省略不说了罢。

孟子文章的最美之处在于韵律感。韵律感强的文章，读起来朗朗上口。与孟子相反的是荀子，他的文章晦涩难懂，缺乏韵律感，读起来也不流畅。荀子的文章特点是，围绕主题，展开层层论述，反复推详，最终得出结论。而孟子的文章仿佛是在奔跑一般，读起来畅快淋漓。庄子的文章趣味横生，议论浑然天成，我以为，他的文章可以称得上中国古代最为经典的范本吧，像《逍遥游》《齐物论》《养生主》等文章更是大放异彩。

《论语》是为大家所熟知的文章。您可能会想：啊，怎么又讲《论语》？大家都知道《论语》！事实上，《论语》是谈话体的文章，不是那种对话的形式，而是一个人的讲述，也可以称之为"独白"吧。我觉得，《论语》与柏拉图的《对话录》①等作品都具有古典美，是拥有古典美的散文。

《韩非子》是一篇议论文，这在中国是意义非凡的——可以说是议论文的鼻祖。特别是《韩非子》中的《孤愤》《说难》《五蠹》三篇，我认为是极为精彩的文章。

到了汉代，出现了很多评论时政的文章，或者叫作政治评论。在日本也有政治评论，就像是报纸上发表的时事评论那样。在汉代，政治方面的见解与评论占据了很重的比例。从中国散文的发展走向来判断，政治评论在汉代还是很受重视的，特别是汉代有一种名为"策"的文体。在"策"当中，贾谊的《治安策》《过秦论》等都是千古名文。古时候人们喜欢出声朗读，每当读起贾谊的《过秦论》，文章的节奏韵律都会让人产生一种本能的快感，也便于记忆。闲暇时光，大家有空也可以读读《过秦论》。

接下来要说的是《史记》。在中国古代的叙事文章中，《左传》与《史记》是对后世产生过深远影响的两部伟大作品。与《左传》

---

① 《对话录》：柏拉图代表作之一，是柏拉图对话系列的统称。

相比，《史记》在文学价值方面对后世影响更大。

六朝时期是散文修辞手法运用的鼎盛时期，这一点我在前面已经提到过。怎样的修辞才算是达到了鼎盛呢？上文说到，中国人写文章，遣词造句，不怎么喜欢用单字来表达意思，更喜欢用两个或更多的偶数字的词组，一般以二、四、六字的词组居多，也就是说特别喜欢使用复合词。六朝时期，采用四字句与六字句写成的散文很多，这在历史上被称为"骈俪文"或"四六文"。

总之，六朝的散文是以"四六"结构为基础的，在这个基准上，又演变出了各种各样的其他形式。有"四四六、四四六"结构，也有"四六四六、四四六"结构，等等。如何体现修辞呢？就是行文时处处押韵。自古以来，中国就盛行使用"对偶句"，比如"四六四六"式的对偶句，有时是间隔一句对偶，有时则是句句都对偶……形式是各种各样的。总之，这是一种修辞手法。

唐代"古文运动"①的兴起，就是对"四六文"修辞手法的反抗。然而，这种修辞技巧，中国人是永远无法彻底舍弃的，它一直沿用到了近代。有趣的是，阅读现代中国人的文章，也常常能在散文中找到"四六文"的修辞表达。这就说明，"四六文"这种形式，早已融在中国人的血脉之中了。应该说，六朝时期是"四六文"发展的最高峰。

---

① "古文运动"：也称"唐宋古文运动"，是指唐代中期至宋朝以提倡古文、反对骈文为特点的文体改革运动。"古文"是唐代韩愈首先提出的，指的是上继三代两汉的质朴自由、以散行单句为主的散文，与六朝以来流行的"今文"即骈文相对立。韩愈及其追随者大力提倡这种文体，后又得到柳宗元的积极支持与配合，形成了一种社会风尚。在唐代，"古文运动"兼有思想运动和社会运动的性质。

当然，六朝时期，效仿古文写作方式的自由的文章也是有的。例如《洛阳伽蓝记》[①]，记录了洛阳寺庙的传说，也兼有小说的色彩。此外，还有《水经注》，它是给《水经》添加的注释，故名；书中记载了河道流经的两畔村庄的风貌景致等。《洛阳伽蓝记》和《水经注》以自由的韵律和写法，给后世的文学以极大的影响。但纵观整个六朝的散文，注重技巧性、修辞性，才是它的本质、它的主流。

　　到了唐朝，出现了反对六朝骈文的运动，就是前面所说的"古文运动"。其中，吴少微、富嘉谟、张说这几个人功不可没，他们掀起了"古文复兴运动"，可以说是唐代初期的"古文运动"先驱者。因为这场运动是吴少微、富嘉谟最先倡导的，所以为世人推崇，并将他们提倡的这种文体称为"吴富体"[②]。"吴富体"的出现，标志着唐代"古文运动"正式兴起。后来，又出现了萧颖士、李华、元结、独孤及等人，而韩愈、柳宗元等，最终把"古文运动"推上了高潮。

　　"古文运动"中的"古文"，就是之前提到的《孟子》《庄子》《论语》《韩非子》《史记》等从先秦到汉代时期的文篇，指的是那种形式自由、韵律流畅的非修辞性的散文。换言之，即是推崇与"四六骈俪体"迥异的充满自由气息的文章。这场举世瞩目的文学运动所弘扬的，正是这样一种散文风格。

　　韩愈儿时父母双亡，是由嫂子带大的。他在科举考试及第之后，就开始了自己的政治生涯。他亦曾写过毛遂自荐的书信。这些情况

---

① 《洛阳伽蓝记》：简称《伽蓝记》，作者杨衒之，是中国古代佛教史籍，也是一部集历史、地理、佛教、文学于一身的历史和人物故事类笔记。后世将《洛阳伽蓝记》与郦道元的《水经注》、颜之推的《颜氏家训》并称为中国北朝时期的三部杰作。
② "吴富体"：唐代吴少微、富嘉谟文章雅厚雄迈，为时所尚，故称"吴富体"。

在他的文集中都有记载。他成为朝廷的官员之后，历任中书舍人、吏部侍郎等职。韩愈十分喜爱阅读古文，犹喜《孟子》，自己也以孟子再世的姿态出现。讨厌他的人不屑地批评说：韩愈真恶心，总是自诩孟子。的确，韩愈深谙《孟子》之精髓，从孟子的散文中汲取了颇多营养。关于这一点，我们只要读一读他的作品《原道》《原性》《原鬼》等，就能得到很好的证实。

说起能够与韩愈相提并论的人物，那就不得不说说柳宗元。比起韩愈，柳宗元好像更为风趣，特别是他的散文如《永州八记》等作品，可以说是中国散文的代表、叙事文的典范。柳宗元特别爱读《水经注》，他的《永州八记》也深受《水经注》的影响。

唐代后来还相继出现了皇甫缇、孙樵等人，而宋代则开创了散文新时代。在宋朝，柳开、石介、穆修、苏舜钦等作家，可以算是文学改革方面的第一梯队吧。然后就是欧阳修、曾巩、王安石，以及"三苏"父子——苏洵、苏轼、苏辙等，都十分有名。苏洵也叫苏老泉，是苏轼、苏辙的父亲，苏轼就是诗人苏东坡，苏辙是他的弟弟。他们三人都出自苏氏家族，因而被称为"三苏"。还有范仲淹，就是写了著名的《岳阳楼记》的那位大散文家。还有《资治通鉴》的作者司马光，也叫司马温公……这些人都是宋代散文之大家。可以这么说，"古文运动"发起于唐朝，兴盛于宋朝。我们这里所说的宋朝，指的是北宋。到了南宋时期，哲学家朱熹也作为散文家而名闻中外。南宋时期的代表人物主要有朱熹与吕祖谦。

然而，宋朝以后，并非当初的骈文与"四六文"就不复存在了。"四六文"更多地被应用于敕语、诏书与表揭等方面，当时称之为

"时文体"①。明朝时期，文坛上出现了"复古派"与"唐宋派"两个不同的文学流派，这是根据各自文章的表现手法来划分的，他们的争执一直延续到清代。"复古派"主张作文应摘取秦汉古典的名句，将它们巧妙组合；而"唐宋派"则主张秉承"古文运动"以来的文章风格。其中的李攀龙、王世贞是"复古派"的代表人物，而归有光、茅坤则是"唐宋派"的代表。

另外，还有一个文学流派叫"公安派"②，"三袁"③是这个派别的代表。特别是"三袁"中的袁宏道，是个诙谐之人，也是中国小品文的创始人，因而在文学史上倍受重视。文学革命④之后，周作人等人就非常喜爱公安派的小品文，曾给予高度的评价。

明末清初，承袭"唐宋派"的文坛出现了侯方域、魏禧、汪琬等散文大家。清中期后，在安徽桐城出现了方苞、刘大櫆等人士。他们将《史记》视为范本，把《史记》当中的散文的韵律应用于自己创作的散文之中。因在桐城发起，而被世人称为"桐城派"⑤。桐城派的文章，语言力求简明达意，条理清晰，清真雅正。他们的许多散文都体现了这个特点。"桐城派"的文风遍及全国，形成所谓"家家桐城""人人方姚"的局面，清末的散文家几乎被"桐城派"

---

① "时文体"：指流行于一个时期的文体，也特指科举时代应试的文章。
② "公安派"：明代后期出现的一个文学流派，因其代表人物"三袁"是湖北公安人而得名。
③ "三袁"：明代后期"公安派"代表作家袁宗道、袁宏道、袁中道的并称。
④ 文学革命：开始于1917年，是晚清文学改良运动在新的历史条件下的发展，是适应以思想革命为主要内容的新文化运动而发生的。
⑤ "桐城派"：亦称"桐城古文派"，是清代文坛最大的散文流派，因其派别早期作家皆为江南安庆府桐城人而得名，在中国古代文学史上占有显赫地位。

占据了大半。

举几个名人的例子吧。晚清政治家曾国藩、学者兼诗人的吴汝纶、早年作为日本大使赴任的黎庶昌、知名学者俞樾（据说是当今"红学家"俞平伯的太爷爷）等人，都是"桐城派"的大家。在后来的文学革命时期反对白话文的林纾，也是"桐城派"当中才华出众的人物了。他翻译过170多种外文书籍，据说他的译文比原文还要精彩，那是因为他采用了"桐城派"的韵律手法来翻译。日本的德富芦花写的代表作《不如归》也被他翻译成了中文。他所译的《不如归》，远比德富芦花的原著要精彩许多。以上内容只是聊作茶后余谈。"桐城派"是一个延续至清末的散文流派，如果细加考察的话，还有很多例子可举，恕在此不能一一叙述。总之，明清以来，文坛盛行的一方面是"公安派"，那是小品文的由来；另一方面就是"桐城派"，它使得传统的议论文章蓬勃地发展了起来。我觉得这是很有意思的一个局面。

前面说到的"四六骈俪体"，后来的命运又是怎样的呢？进入清代之后，毛奇龄、胡天游、梅曾亮、刘开这些文人都是名噪一时的"四六骈俪体"的大家。有趣的是，梅曾亮、刘开既是桐城派的古文家，又是创作"四六文"的主将，这一点很耐人寻味。这就是说，它们之间也并不是完全不能兼容的。文章既可以用古文来写，也可以用"四六文"来写。总而言之，采用"四六文"来写散文，是永驻中国文人灵魂深处的一种难以割舍的凝重情怀。并且，在当代的中国散文中，偶尔也能读到四六韵律的文章。我深深地感到，那就像是一种"魂灵"，源远流长的"魂灵"，融在人们生活之中。每每读到这种生动的韵律，我就会感受到中国人的怀旧之情。

四大奇书

　　"四大奇书"即四部传奇之作，听起来只是个普通的词语，实际上它是中国文学史上的一个固有名词。所谓"四大奇书"，指的是《水浒传》《三国演义》《西游记》《金瓶梅》这四部小说。

　　这些小说都出自明代。在日本，人们称之为"长篇小说"；而在中国，称"章回体小说"——在写作上分一个个"章回"来叙事。这四部小说虽是在明代成书问世的，不过，我认为故事发生和形成的年代应该是在宋代。为什么呢？因为在宋朝，城市的经济水平已经比较发达，从而带来了文化艺术的繁荣。比如，在繁华街区，说书人或评书艺人陆续登场，讲述很多奇闻趣事。这"四大奇书"所讲的故事应该都来源于说书人的段子和脚本。

　　首先让我们来说说《水浒传》吧。《水浒传》所讲的故事，是历史上出现过的真实事件。后来，人们把这个历史事件改编创作成了长篇小说。

这是一个什么样的历史事件呢？在山东省梁山县东南方向一个叫梁山泊的地方，有男子名宋江，江湖上号称"宋公明"。宋江聚集了三十六个强盗，四处打家劫舍，横行乡里。后来，有个名叫张叔夜的人举兵讨伐。之后，宋江集团归顺了朝廷，发誓从今往后不再横行霸道、滋事扰民。同时期，南方有个叫方腊的人，率领当地农民起兵造反。朝廷采用"以毒攻毒"的方法，勒令已经归顺的梁山泊宋江等匪徒，前去击破方腊团伙。宋江等人在讨伐方腊的过程中十分勇猛，一举消灭了方腊的军队，成功平息了叛乱。据说，这段历史是真实存在的。后来，经各色创作人等添油加醋，逐渐变成了长篇小说《水浒传》。

　　从成书的《水浒传》中可以看到，作者在创作小说的过程中，将原来啸聚梁山泊的人数，由原来的三十六人，整整翻了三倍，变成了一百〇八人。作者大概觉得三十六人的队伍不够壮观，就改成了"一百单八将"吧。但我们还原历史的话，当时就只有三十六人。

　　宋代还有部小说《大宋宣和遗事》①，其中偶尔提及了宋江的名字，并且也记载了"三十六"这个数字。宋朝的周密写过《癸辛杂识》②，当中引用了同是宋代人龚圣及其创作的《宋江三十六人赞》，这篇文章中有赞扬宋江等三十六人的记载，里面也清楚地写着是三十六人。水泊梁山的故事，在流传的过程中，经说书人的口口相

---

① 《大宋宣和遗事》：宋朝讲史话本，作者不详，成书于元代。形式为笔记小说，并以说书的方式连贯而成。

② 《癸辛杂识》：宋亡后，周密寓居杭州癸辛街，以南宋遗老自居，著书以寄愤，《癸辛杂识》因而得名。《癸辛杂识》内容广泛，主要记载宋元之际的琐事杂言、遗闻轶事、典章制度，以及都城胜迹杂录。

传，就像滚雪球似的，不知从何时起就变成了三倍的人数了。

到了元朝，水泊梁山的故事已经被改编成了戏剧。《黑旋风》《燕青博鱼》《还牢鱼》《争报恩》《李逵负荆》等，都是元朝杂剧中出现的剧目。这些剧目一边为评书家们口口相传，一面也被搬上了戏剧舞台。到了明代，自然而然就出现了《水浒传》这部书。

现存的《水浒传》是谁创作的呢？对此有很多种说法。有人说是罗贯中创作的，也有人认为是施耐庵创作的，还有人认为是施耐庵创作、罗贯中改编的，也有人认为前七十章是施耐庵所作，之后是由罗贯中续写的。我想说的是，像罗贯中、施耐庵这样著名的作家，在中国明代的文学小说史当中，能屡屡见到他们的名字。说他们二人是《水浒传》的作者也好，不是也罢，皆有可能。此话怎讲呢？我认为，要完成像《水浒传》这样的一部鸿篇巨制，幕后一定有众多参与者。我们可以这样理解，在《水浒传》的创作过程中，一定有一个作家团队。

现在，《水浒传》有一百章的百回本，有一百一十章的百十回本，有一百一十五回本、一百二十回本，还有不分回数的版本。众多版本的《水浒传》来源于人们的口口相传，不断有人参与进它的创作和加工工作。总之，《水浒传》是说书人口口相传而成的故事。到了明代的某个时期，这些故事被人辑录整理下来，就变成我们现在所看到的小说了。所以，这才有了百回本、百十回本、百一十五回本、百二十回本以及不分回本等多种版本。

类似的情况在日本也有，比如《平家物语》^①这部作品。《平家

---

① 《平家物语》：相传为日本信浓前司行长创作的长篇小说，成书于13世纪初。

物语》的版本之多，在日本文学史上是十分罕见的。关于《平家物语》的作者，是信浓前司行长，还是小岛法师，各有说法。原本《平家物语》是由琵琶法师讲述的故事，讲述的内容由于记录者的不同，产生了各种不同的版本。这与《水浒传》的情况有相似之处。

《水浒传》这部小说还有另外一个有趣的现象。明代有个叫金圣叹①的奇人，是位典型的文学爱好者。他选取中国的六部典籍，加上自己的点评，编辑了一部书名为《六才子书》②的作品，其中就有金圣叹批评版的《水浒传》。

在中国，文化不与传统相承接的话，可以说毫无价值。金圣叹曾经说过："我曾经得到过一本老版本的《水浒传》，就是这本。"于是，他开始对这个版本加以点评，并将其命名为《金圣叹批评本水浒传》。这个版本总共只有七十回。七十回的长篇小说其实是很短的，这是因为金圣叹把烦琐冗长的部分都删减掉了。说书人所用的版本，一般都会将原作中重复的内容删除掉，然后用来作为说书时的剧本。这也是中国长篇小说改编的一个通行做法。中国戏剧虽然不像日本"浪花节"③那样表演，可是，每到精彩之处就会插进大段的唱词。金圣叹就把唱词的部分全都删除了，所以，七十回的"金圣叹版本"非常简明易懂。总之，他所做的工作，就是把一部繁杂

---

① 金圣叹（1608—1661）：名采，字圣叹，明末清初著名的文学家、文学批评家。金圣叹的主要成就在于文学批评，对《水浒传》《西厢记》《左传》等书及杜甫诸家唐诗都有评点，是中国白话文学研究的开拓者。
② 《六才子书》：清代金圣叹以《庄子》《离骚》《史记》《杜工部集》《水浒传》《西厢记》为"六才子书"并加评订。此举将小说与戏曲提高到与传统经传诗歌相当的地位。
③ "浪花节"：也叫浪曲，是日本江户末期在大阪发展起来的一种以三弦伴奏的民间说唱曲艺，以通俗易懂的曲调说唱故事，类似中国的弹词。

无章的《水浒传》，整理成了一部简明扼要的《水浒传》。

金圣叹后来因为别的事情受到牵连，被处以腰斩。由于他是受到腰斩的刑罚而离世的，一些不怀好意的人便恶语相加，说金圣叹"腰斩"了《水浒传》，所以才受腰斩之刑。金圣叹由于大手笔地删改《水浒传》，遭受到非议，但我认为，他把一本晦涩难懂的《水浒传》改编成了朗朗上口的《水浒传》，这一点应该得到大家的认可。

令人诧异的是，自古以来的文学史，对于金圣叹的七十回本《水浒传》没有足够的重视。我觉得，我们有必要重新审视《金圣叹批评本水浒传》。如果说原本的《水浒传》是不可动摇的经典之作的话，那么金圣叹的做法未免有些冒失。但是，《水浒传》的版本总在变，并不是一成不变，只有一个版本。而金圣叹将这样一部杂乱无章的书，删繁就简，令人耳目一新，又有什么不可以呢？当然，这只是我个人的理解而已。

说到《水浒传》的文学性，酣畅淋漓是一大特点，因为它使用了现实主义的描写手法。"四大名著"当中最具现实主义写法的当属《水浒传》。小说中大家所熟知的"花和尚"鲁智深、"青面兽"杨志、"九纹龙"史进、"豹子头"林冲等，就连日本人也都耳熟能详。小说把他们惩恶扬善、杀富济贫的鲜明的性格特点描写得活灵活现。《水浒传》也对日本江户文学产生了非同寻常的影响。

当然，《水浒传》在中国也广为流传，深受民众欢迎。说到"后传"，大概指接着百回本写的《后水浒传》①，或者叫《结水浒传》。

---

① 《后水浒传》：著者为"青莲室主人"，该书是罕见的孤本，存于大连图书馆。原序后的图章是"素政堂""天花藏"，证明是明末清初时期的作品。

虽说受褒扬程度远不及原著，但这些"后传"也在后来陆续出现过。

　　与《水浒传》一样，读起来令人酣畅淋漓的小说，还有《三国演义》，全名《三国志通俗演义》，这也是在宋朝评书人中广为流传的作品。据说当时有专门的说书人叫"说三分"，即讲述天下分魏、吴、蜀三国，三国争霸鼎立的故事。所以，这些专门的说书人被称为"说三分"。

　　在日本也有类似被称为"讲谈师①"的艺人，起源于讲述《太平记》②。这些内容在文献中都有记载，《三国演义》在日本最初的版本是《三国志平话》③，在日本的内阁文库有一部完整版，每一页都有插图，文字也通俗易懂。这部作品也与前面说到的《水浒传》一样，经过滚雪球式地添加内容，变成了如今的长篇小说、章回小说。这个版本作者不明，也有说法认为作者是罗贯中。

　　刚才我们提到过罗贯中，他在很多地方展露过头角。《平妖传》《粉妆楼全传》等都是罗贯中的作品。传说罗贯中是施耐庵的门人，但到底是否属实，如今已无从考证。

　　现在读者所读到的《三国演义》，是清初毛宗岗编辑的一百二十回的版本，这也是流传最广的一个版本。《三国演义》的故事情节，在元代就被搬上了戏剧舞台。杂剧《隔江斗智》《单刀会》《博望烧

---

① 讲谈师：相当于中国的说书先生、说书人。
② 《太平记》：日本 NHK 电视台于 1991 年播出的大河剧，根据吉川英治的《私本太平记》改编而成，共四十九集。
③ 《三国志平话》：元代讲史话本汇编，作者不详，或为刻书者所辑。元代刊行的五种讲史话本之一，对后来罗贯中所著的历史演义小说《三国演义》产生了一定的影响，是元代较为经典的文学作品之一。

屯》等，都是有关三国的戏剧节目。而现在的《借东风》《击鼓骂曹》《空城计》等，也都是《三国志》的戏剧桥段。

说起来，《三国演义》里最有人气的人物还是诸葛孔明吧，与他为敌的魏国曹操被设定为反面角色。就像日本的《忠臣藏》中的大星由良之助是正面角色，高师直是反面角色一样。

但是，非常有趣的是，当今中国又把曹操视为了英雄，提出对曹操再认识。为此，还把曹操曾经在戏剧中的反派角色作了修改。无论是《三国演义》还是《水浒传》，读起来都同样酣畅淋漓，其中惩恶扬善的英雄豪杰、有血有肉的人物形象，十分吸引读者和观众。并且，从现实主义文学的视角来看，可以说其中的内容也是写实的。

接下来，说说四大名著中日本人最熟悉的《西游记》。《西游记》的故事也是根据宋代说书人的口头讲述演绎而来的。在南宋时已经有《大唐三藏取经诗话》，与《西游记》相比，内容要简单得多，可以说是《西游记》的雏形吧。在如今的《西游记》版本中，出现了孙悟空（猴妖）、猪八戒（猪妖）和沙悟净（河童），故事讲述了他们作为徒弟，陪同师傅唐三藏，经由很多国度抵达天竺国（今印度）取得真经的经历。

《大唐三藏取经诗话》是宋朝时候的书，在日本也存有一本，里面还没有出现"孙悟空"这个角色，只有一个猴类的行者，叫作猴行者，作为三藏的陪同者出现。后来，又出现了与沙悟净性格相近的深沙神这个神化角色。只有三个主角，内容也很简单，并没有如今《西游记》这般复杂。在岁月的长河里，故事渐渐发展扩充，就成了现在读者所熟知的《西游记》这部章回体小说了。

关于《西游记》的作者，普遍认为是吴承恩。吴承恩确有其人，是江苏省淮安人，号"射阳山人"，明朝嘉靖年间考取贡生，到浙江省长兴县做了官员。他创作了《射阳先生存稿》四卷、《续射阳存稿》一卷，接下来又创作了《西游记》。这些情况在县志、地方志上都有记载。虽然《西游记》的作者就是吴承恩几乎已成定说，但我还是抱有异议。

实际上，所谓的"西游记"，到底是指小说《西游记》呢，还是指向东或者向西的旅行记呢？如果是指向西的旅行记的话，那么，对于把吴承恩视为现在《西游记》的作者，大家又是如何看待的呢？

对此，我简单地说两句。现在的《西游记》中，出现了许多金属物品，比如孙悟空的"金箍"，还有兵器金箍棒、钉耙等，再就是玄奘骑的白马。那匹白马实际上是龙变的，原本是匹难以驯服的烈马。从孙悟空的故事，我想到了日本《河童牵马》①这个童话，也与唐玄奘骑白马的故事很相像吧。

综上所述，我认为《西游记》应该不单单出自吴承恩一个人之手，而是在社会发展中逐步丰富与完善起来的，是古代文学家团体共同创作的故事吧。

最后，我们来说说《金瓶梅》吧。这本小说的作者更加成谜。有人说是明代的王世贞，但无从考证。我认为，《金瓶梅》也是根据说书人所讲述的内容而逐渐充实丰富起来的，最后发展成了一部百

---

① 《河童牵马》：在日本青森县流传着一些关于河童的有趣的传说。一个河童正拉着一匹马往河里拽。这匹马非常强悍，河童不但没有把马拉下河去，反而被马牵着走。河童害怕不已，只好躲进了一户人家的院子里。结果他不幸被这户人家的主人发现并抓住了。被抓住的河童向大家发誓，再也不会来这个地方给大家造成任何麻烦了。

章回的长篇小说。

随着《水浒传》故事越来越深入人心，《金瓶梅》的故事也随之出现了。《金瓶梅》最初的情节和人物是承袭《水浒传》的。有一个叫武松的男子，他打虎之后去探望哥哥武大郎。武大郎的妻子潘金莲是个美女，也是个水性杨花的人。武大郎容貌丑陋，驼背，贫穷，每天靠卖饼维持生计。在他家附近，有个叫西门庆的富商。西门庆与潘金莲通奸，后来合伙毒杀了丈夫武大郎。恰逢打虎归来的武松返乡，在梦中，哥哥的亡灵告知他潘金莲与西门庆的罪孽。武松大怒，打算杀了西门庆为哥哥报仇，结果错杀了官员，被官府追捕。

西门庆是个滥情的男子，有正室吴月娘，还与潘金莲、李娇儿、孟玉楼、孙雪娥、李瓶儿等许多女性保持关系。《金瓶梅》中的男女关系、人际关系，简直比化学公式还要复杂。可以说，《金瓶梅》这部小说，在恶俗与残暴方面是榜上有名的。要是说得文雅一点的话，就是一部有名的风俗小说吧。

《金瓶梅》到底是谁写的，现在也没有定论。万历年间出版的《金瓶梅词话》，是《金瓶梅》的校订本，书中有许多山东方言。所以我推断，至少有山东籍人参与了编写吧。但至于哪部分是山东人编写的，又是哪几个人参与了编写，这些细节就不得而知了。

《金瓶梅》的故事情节十分复杂，要是细说起来的话，大概要花一个晚上的时间。据说，《金瓶梅》很久以前就传入日本了。在《小说字汇》[①]的书目中，就能见到《金瓶梅》的书名。但日本人对

---

① 《小说字汇》：18世纪中叶日本大阪书林的"秋水园主人"为"初读舶来小说者"编辑的一部中国俗语辞书，也可看作是一部收集小说语句的词典。

这部小说能理解到什么程度，就不清楚了。曲亭马琴①写了《新篇金瓶梅》。但马琴是否真正读懂了《金瓶梅》呢？因为这是一部十分难懂的作品，很难完全领悟，若是马琴能领悟情节梗概，就已经很了不起了。

当然，日本读过《金瓶梅》的人也很多。据说，就连日本古代日向国饫肥藩的藩儒安井息轩②——那么一位古板的学者也曾经读过《金瓶梅》。从这个情况来推断，是否还有一些意想不到的人也读过此书，也未曾可知。

森鸥外在《性欲的生活》③这部小说中，创作了角色向岛老师。向岛是汉语老师，其原型就是依田学海④。森鸥外在小说中写道：我去往向岛老师家，老师正在读一本袖珍版的《金瓶梅》。我当时是小孩，不懂《金瓶梅》中的内容，但知道与马琴的《新编金瓶梅》相差很多。他还写道：《金瓶梅》是一部恶俗小说，故事残暴、内容黄色，等等。由此可以看出，依田学海也曾经读过《金瓶梅》，但到底能读懂多少就不得而知了。

既然说《金瓶梅》是风俗小说，那它也应该是一部现实主义的小说。在过去，它因为被认为是黄色下流甚至猥琐的小说而受到排斥，但从文学的视角来看《金瓶梅》的话，它的尖锐与强烈，在世

---

① 曲亭马琴（1767—1848）：日本江户时代最出名的畅销小说家，代表作有《南总里见八犬传》。凭借此作，他成了日本历史上第一个靠稿费生活的职业作家。
② 安井息轩：日本考证学派儒学者。他致力于汉唐注疏考证，著有《管子纂诂》《论语集说》。
③《性欲的生活》：日本小说家森鸥外创作的小说，发表于1909年。
④ 依田学海（1834—1909）：日本的汉学家、文艺评论家、小说家、剧作家。

界文学史上也是具有重要意义的。随着时光的流逝，也许人们将慢慢发现，在那个时代能写出那样的现实主义的小说，是令人震撼的。最近日本也出了翻译版本，非常通俗易懂，想必会受到读者的欢迎。我认为，《金瓶梅》不仅是一部有意思的小说，而且是中国文学、中国小说当中的一部杰作。

志怪文学①的渊源

　　查阅中国志怪小说的来龙去脉，我们会发现，志怪小说在中国小说史上占据着非常重要的地位。中国古代有一本书叫《山海经》，要是放到现在，这本书可能要被归类为地理书籍。但实际上它只是一本虚幻的地理书，书中记录着各种稀奇古怪的故事。大概就是这本书开了中国志怪文学的先河吧。之后在汉代，实际上是在六朝时期，出现了《汉武内传》②，唐代出现了传奇小说，到了近代和现代，小说作品中依然传承着志怪小说的风格与内容。可以说，志怪小说跨越了从古至今的中国文学史。换句话说，中国的志怪小说在中国文学中占据了相当大的分量。就这一点而言，无论是日本文学

---

① 志怪文学：是中国古典小说形式之一，以记叙神异鬼怪故事传说为主要内容，产生和流行于魏晋南北朝。虽然很多志怪小说表现了迷信思想，但也保存了一些具有积极意义的民间故事和传说。
② 《汉武内传》：汉代班固编著的一部志怪小说。

还是欧洲文学，都无法与之匹敌。这也可以算是中国文学的一大特点吧。

　　志怪到底为何物？所谓"志怪"，就是在我们日常生活中无法观察到的非常神秘的现象。也就是说，志怪小说讲的就是鬼神怪异的诡谲故事，是在我们的日常生活中根本就不可能出现的虚幻故事。

　　为何志怪小说深得中国人喜好，并且在文学中占据重要地位，从而形成了自己的体系？我想，这是研究志怪小说需要解答的首要问题。中国人本来就信"巫"，后来又经过秦汉神仙之说的流行以及小乘佛教的传入，导致此风大盛。再者，也许是中国的气候、土壤与地形所致，形成了一种独特的民族习俗。植根于这样的风土之中的中华民族，或许更容易产生鬼神怪异的诡谲故事吧。

　　日本的四季，看似分明，但春天时而与冬季交汇，时而又与夏天交融；秋天时而包含着夏天，时而又掺杂着冬天，季节与季节之间的分界线不明显，季节的变更显得非常暧昧。然而，在中国，一年四季的变化可谓泾渭分明。正说着春天呢，炎热的盛夏却不期而至；原以为是夏天呢，又见秋风送爽；人们还正得意于秋日的爽朗呢，冬雪竟然悄然降临。这种四季分明的变化，其实也是一种奇怪的现象。自然规律与人们的日常生活不相协调，人们理所当然就要寻求新的生活重心。我想，这大概就是志怪小说产生，并且还在文学史上占据很大比重的一个原因吧。

　　那么，从古代到近代的志怪小说，描写的手法与内容都是一样的吗？如果读过这些志怪小说，你就会发现，不同时代的志怪小说，差异其实是很大的。大体来说，明代以前的志怪小说是单纯以"怪"为特点来描写的，与现实生活并没有太多联系，只是将那些在人们日常生活中不可能出现的怪事津津有味地写出来。这就是中世纪以前志怪小说的趣味与特征。

比如，唐代有本传奇小说《板桥三娘子》。故事说的是在一个叫板桥店的地方，有个名叫三娘子的女子，经营着一家客栈。三娘子待人热情，口碑很好。有个叫赵季和的男子来到这里，想要留宿一晚。可是，客栈已经住满了客人，他就只得与他人合住一个房间。那是一间大通铺的房间，只有最里面那张挨着墙的床是空着的，赵季和就睡在了那张床上。那天夜里，赵季和怎么也睡不着。由于他的卧床紧贴着墙壁，墙那头就是三娘子的卧室，他睡不着就偷偷从墙缝里向三娘那边窥视，还听到了"咕咚、咕咚"的声响。这是什么声音呢？赵季和有些纳闷。就在此时，只见三娘子从架子上取下一只箱子。她打开箱子，从里面拿出了一些小人玩偶，还有水牛玩偶，以及小碾子、锄头、爬犁等各种小道具。三娘子把它们摆好后，嘴里含一口水，喷向它们，同时口中还念念有词。随着她的念叨声，这些小人和水牛就开始动起来，开始耕起地来。耕完了地，这些小人又开始播种。眨眼之间，种子就发出了芽，并且很快又开出了花，接着又结出了果实，这个果实就是荞麦。这些玩偶麻利地剥去荞麦壳，磨出了荞麦粉……这时，三娘子又喷了一口水，嘴里又念起了咒语。很快，那些玩偶就都停止了活动，又都回到了箱子里。三娘子就把这些荞麦粉和成面，做成了烧饼。

赵季和看着这件不可思议的事情，转眼天就亮了。早上起来，他心里直犯嘀咕。就在他暗中观察盆子里装得满当当的烧饼时，三娘子出现了。不知情的客人们拿起烧饼就吃，谁知竟马上倒在地上变成了毛驴。三娘子不动声色，把这些客人变成的毛驴赶进了屋里。

屋里面是一排排的栅栏，栅栏里面已经关满了毛驴。难怪三娘子卖给旅客的毛驴只是市场价格的一半，还因此受到众人的好评。赵季和想，要是用她这样的方法卖驴，卖多便宜都赚钱啊。

过了一个月，赵季和又路过三娘子的店。他事先买好了一块烧饼揣在怀里，又在那里住了一夜。巧的是，那天一个客人也没有。夜里，赵季和从木墙板缝里窥视，又看到了上次那一幕。他心想：她也想着把我变成毛驴吧？第二天早上，赵季和看见餐桌上摆放着三娘子准备好的烧饼，他趁三娘子准备茶水的间隙，用事先准备好的那块烧饼悄悄换掉了三娘子准备的烧饼。等三娘子回来后，他对她说：给我一个烧饼吃吧。于是，就拿起盆子里自己放进去的那个烧饼吃了，并且对三娘子说道：烧饼味道极好，你也尝一尝吧？说着，就把三娘子准备的烧饼递了过去。三娘子吃完之后，果然当即倒地，也变成了一头毛驴。

赵季和立即骑上三娘子变成的毛驴飞奔出去。那头毛驴十分强壮，日行百里。就这样，赵季和骑着这头毛驴，在外面奔波了四年。有一天，他路过一个叫函谷关的地方。路边的一位老人说道：赵季和，三娘子已经受到足够的惩罚了，你饶恕了她吧。

听老人这么一说，赵季和心想，这个三娘子已经为自己服务四年了，也就饶恕了她。老人把手伸进毛驴的嘴里，往外一搋。这时，三娘子就从毛驴的肚子里蹦了出来，恢复了原形，连连鞠了几个躬后，一溜烟地跑得没了踪影。

这是中国唐代的故事。怎么样，是不是非常离奇古怪？虽然怪异，但与我们的现实生活没有什么交集。这只是众多唐代志怪故事中的一个。

到了明代，志怪小说又发生了什么变化呢？小说的内容开始融合到人们的日常生活之中。它们是如何融入的呢？那些故事里的狐仙鬼怪，与人类一样能说会道，与人类一样具有情感，也会与人类一样坠入爱河，人类也会爱上这些妖怪。狐仙也好，鬼怪也罢，都能为人所接纳认可，由此便与人类的生活融合在一起。这就是唐代与明代志怪小说的不同之处。

大约从明代的《剪灯新话》①开始，这种倾向日趋显著。《剪灯新话》对于日本人来说并不陌生，当时经由林罗山，这本书传到了日本。其中的故事在《怪谈全书》②等书籍中曾经有过介绍。到了江户时代，浅井了意的《御伽婢子》③一书中，也介绍过这些内容。后来出现的《牡丹灯记》④，对于日本人来说也是耳熟能详的。正是在《牡丹灯记》与《牡丹灯笼》⑤等志怪小说中，鬼怪与人类相恋。为了与妖怪相恋，男子最终失去了自己的生命。这就是18世纪十分离奇的志怪小说。我觉得很有意思。

志怪文学也好，志怪小说也罢，中国从古至今由来已久。这类作品不仅自成体系，而且在文学史上占据着重要的地位。18世纪时，志怪小说十分盛行，很受读者的欢迎。比如日本人耳熟能详的，

---

① 《剪灯新话》：明代瞿佑撰写的文言短篇小说。
② 《怪谈全书》：日本近代翻译的怪异小说集。该书的传本当中，既有手抄版本，也有印刷版本，两种版本在内容上有所差异。
③ 《御伽婢子》：日本江户时代的传奇小说。
④ 《牡丹灯记》：明代文学家瞿佑创作的一篇小说。
⑤ 《牡丹灯笼》：日本三大鬼话之一。这个故事其实是明洪武年间从中国传过去的，源于中国明代小说《牡丹灯记》。

就有蒲松龄的《聊斋志异》、袁枚的《子不语》^①，以及纪昀的《阅微草堂笔记》^②等，读这些小说会感到妙趣横生。其中，《聊斋志异》的作者蒲松龄，是一个参加了许多次科举考试未中，只能在故乡作为读书人而终老一生的男子。但他毫无疑问是位文学家。《子不语》的作者袁枚，是无论哪本文学史都会记载的清代的一位诗人。还有纪昀纪晓岚，不仅写了《阅微草堂笔记》，还是当时最具代表性的学者。当时，正值朝廷下令编纂《四库全书》，他受命做了《四库全书》的总纂官。可想而知，他在社会上的地位极高——既是文人墨客，又是著名的政治家。

不光是上面提到的这三个人，之后还有撰写《谐铎》^③的沈起凤、撰写《夜谭随录》^④的和邦额、撰写《耳食录》^⑤的乐钧等，都是当时知名的文学家，都写过志怪小说。这些学者们为何都着手写志怪小说呢？这必须要考虑一下当时的时代特征了。

清朝这个朝代，大家都有所了解，是满族人夺取天下建立的政权。因此，清朝政府有压迫汉人的一面。康熙到乾隆年间兴起了文字狱。用现在的话来讲，就是对知识分子的迫害。凡是在政治上持

---

① 《子不语》：又名《新齐谐》，是清乾隆末年文学家袁枚撰写的文言短篇小说集，内容多为神话志怪，共 24 卷。

② 《阅微草堂笔记》：原名《阅微笔记》，是清朝纪昀于 1789—1798 年间以笔记形式所编写成的文言短篇志怪小说。

③ 《谐铎》：清代中叶志怪小说集，沈起凤撰写，共 12 卷 122 篇。书名《谐铎》，意思就是寓劝戒于嬉笑言谈之中。

④ 《夜谭随录》：清代笔记式文言短篇小说集，著者和邦额，包括传奇和志怪小说 160 篇左右。

⑤ 《耳食录》：清代的笔记小说，作者乐钧，初编 12 卷，续编 8 卷。

有异议，或者批评时政的，一律处以酷刑。这也导致了"南山案"①等恶性事件的发生。文字狱使得许多学者或被冤杀，或被监禁，是一个极端封锁言论的年代。

清朝政府下令编写了许多大辞典、《四库全书》等大部头的书籍。这是出于让学者们潜心编书，把注意力从政治矛盾上转移开来的政治目的。许多历史书籍都记载过这个政治策略。从这个意义上来说，学者们都被剥夺了自由。被剥夺自由后，他们又把目光转向何处，到哪里找寻口子排解呢？这就带来了志怪小说的繁荣。

为什么撰写志怪小说就能获得自由呢？因为在志怪小说中，恋爱也是自由的，杀人也是自由的。无论多么荒诞都会被接受，这就是志怪小说。无论是人类爱上妖怪，还是妖怪爱上人类，都是自由的；甲杀了乙，还是乙杀了甲，也都是自由的。没想到学者们撰写志怪小说的背后还隐藏着这么可悲的缘由。18世纪中叶，被封锁言论的中国学者们，至少可以撰写志怪小说，通过志怪小说去求得自由。我想，大家不能忽视这个悲凉的动机。

如果将最具代表性的志怪小说《聊斋志异》《子不语》《阅微草堂笔记》这三者进行比较的话，从文学角度看，《聊斋志异》应该更胜一筹。

《聊斋异志》的作者蒲松龄是山东省蒲家庄人。他参加过若干

---

① "南山案"：发生于清康熙五十年（1711）的文字狱。左都御史赵申乔举发翰林戴名世（人称戴南山）的作品《南山集》"狂妄不谨""语多狂悖"，而且在康熙四十一年，戴南山在《南山集》的《与余生书》中引用了方孝标《滇黔纪闻》的南明永历年号。康熙五十二年二月，戴名世因此被斩，而给《南山集》作序的散文家方苞幸免一死，后以白衣参加修撰工作。刘灏等因《南山集》案牵连入狱。

次科举考试，最后都以失败而告终。后来他隐居到乡下的蒲家庄，收集材料。为了写《聊斋志异》一书，他一直收集材料到康熙十八年（1679），写成《聊斋志异》时，蒲松龄已经四十岁了。现在他的墓保留完好，上面还留有碑文，能了解到他是七十六岁去世的。而《聊斋志异》这本书的发行，是在乾隆末年，也就是在他离世后才出版发行的。《聊斋志异》现在保留有16卷，故事有436篇，其中以狐仙的故事居多。

细读《聊斋志异》，会感觉它并不是单纯的一个个故事，倒好像是蒲松龄的笔记，是故事与他的一些想法混合在了一起。我想，大概是他当时有许多事情要做，没有来得及整理，就那么原样保留着。最近，在日本已经出了两部《聊斋志异》全译本，以前也有法语译本、英语译本、德语译本、俄语译本。由此看来，这部小说已经广为西洋人所知晓。日本也有像国木田独步、芥川龙之介等把《聊斋志异》中的一部分当作素材来撰写小说的，而全译本也是近几年才见到的。毕竟在中国的志怪小说中，《聊斋志异》是最负盛名的。

与之相比，还有袁枚的《子不语》，书名出自《论语》中的"子不语怪力乱神"。后来改名为《新齐谐》。它与《聊斋志异》的体量差不多，共24卷，续篇10卷。袁枚是个诗人，在南京造了座叫"随园"的大宅，过着穷奢极欲的生活。《子不语》也收集了不可思议的志怪故事。

袁枚与《聊斋志异》的作者蒲松龄的立场不同，作为诗人，袁枚更优秀，而作为志怪小说家，蒲松龄恐怕要更胜一筹。

纪晓岚所撰写的《阅微草堂笔记》分五个部分，分别是《乐阳消夏录》《如是我闻》《槐西杂志》《姑妄听之》和《滦阳续录》。

《乐阳消夏录》是在乾隆五十四年（1789）撰写的，《如是我闻》是五十六年，《槐西杂志》是五十七年，《姑妄听之》是五十八年，《滦阳续录》则是五十九年。他把每一两年撰写的作品编在一起，命名为《阅微草堂笔记》。"阅微草堂"是纪晓岚书房的名字。他的这些作品是用文言文撰写的有小说风格的笔记，所以，也有"笔记小说①"这种说法。其他国家没有这种文体。日本的笔记就是简单的记录，大概汉语里用文章体书写的小说风格的笔记小说，就简称为"笔记"吧。

　　《阅微草堂笔记》的内容也不乏生动有趣的故事，但与刚提到的《子不语》一样，与《聊斋志异》相比，还是有差距的。纪晓岚是编撰《四库全书》的总纂官，是了不起的学者，他的学识与文学素养姑且不论，但写小说还是不及蒲松龄。

　　蒲松龄这个人与袁枚、纪昀不同，好奇心极强。曾经有个日本医生，在蒲家庄旁住了三十年之久，他对蒲松龄很感兴趣，收集了很多关于蒲松龄的文献资料并带回了日本，但是他贪念钱财，把这些文献都卖给了美国，十分可惜。好在，这些资料现在都收藏在日本庆应义塾大学的中国文学研究室里。阅读这些文献，可以发现蒲松龄这个人对通俗文学也极有兴趣。日本的《马鹿囃子》②也好，农家的《茶番狂言》③也罢，他无一遗漏都做了笔记，自己也创作这类

---

① 　笔记小说：一种笔记式的短篇故事。特点是篇幅短小、内容繁杂。笔记小说于魏晋时期开始出现，学界一般均依鲁迅的观点概分为志人小说与志怪小说两种主要类型。
② 　《马鹿囃子》：日本江户时代的一种祭礼乐曲。
③ 　《茶番狂言》：日本滑稽短剧。

作品。流传于民间的很多谚语，特别是与农业相关的农谚，他都十分感兴趣。对于世代传承的民俗学，他也抱有浓厚的兴趣。他的这类笔记也一直保存至今。看着这些内容，能够感受到他强烈的好奇心。他身处的时代，到处都有关于狐仙的故事，很多地方都有鬼火的故事，到处都有老宅子的故事。他把自己的所见所思都记录下来，加工润色，变成了《聊斋志异》。就这一点而言，袁枚的《子不语》、纪晓岚的《阅微草堂笔记》都不曾有过，大概是因为他们二人对于民间传统没有强烈的兴趣吧。从这三部作品来看，《聊斋志异》的优异之处在于它贴近人们的生活。刚才也说过，进入明清，志怪文学与人们的生活重叠起来，事实也是如此。《聊斋志异》之所以这么吸引读者，大概是把对志怪世界的描写与对人类世界的刻画巧妙地结合到了一起的缘故吧。总之，志怪世界投射到现实世界里，同时现实世界也投影到志怪世界中，这种交错混杂，不正是《聊斋志异》的魅力所在吗？

除此之外，在18世纪中叶，还有之前提到过的《谐铎》《夜谭随录》《耳食录》等——中国的志怪也总与夜晚扯上关系。到了道光年间，《池上草堂笔记》这类志怪集也陆续登场。这类中国志怪的一大特征，就是充满着人情味。

日本作家泉镜花也十分喜好撰写志怪小说。泉镜花写的志怪，怪诞却不恐怖，里面的妖怪都是一些美女。当然，中国作品中的妖怪也大多如此。如果妖怪真的如书中所述都是美女，我倒是希望能多出现一些，能见上一见，再与她们聊上一聊了。不过，恐怖不是中国志怪小说的重点，重点是做法与态度。中国的志怪小说，做法与态度越是不同寻常，就越有价值。在日本，如果不给志怪小说添

115

加足够的恐怖感的话，大概也就没有什么价值。而在中国的作品中，完全没有这种恐怖感；他们在作品的人情味上下足了功夫，所以反倒使人们有一种亲近感。无论是《聊斋志异》，还是《子不语》或《阅微草堂笔记》，都有这个特点。这也可以说是中国明清时期志怪小说的一大特点吧。

《红楼梦》

　　《红楼梦》这本书大家应该都很熟悉。在日本,《红楼梦》有两个翻译版本,但是能够通读全文的,我想大概不会太多。就像《源氏物语》,大家虽然也了解,但能够通读的,同样寥寥无几。

　　《源氏物语》是日本平安时期的长篇小说,《红楼梦》则是在它之后的18世纪出现的。虽然两者相隔许多年,但是同一类型的作品。可以说,《红楼梦》就是中国的"源氏物语"吧。二者都是鸿篇巨制,在内容上也多有相似之处。

　　《红楼梦》这本书的作者名叫曹雪芹。关于这一点我也没有异议——曹雪芹就是《红楼梦》众多作者当中的一人。曹雪芹何许人也?曹家属于旗人,所以他出身贵族。这种旗人出身放在日本,就相当于旗本①吧,是非常显赫的家族身世。

---

① 旗本:指江户幕府时期俸禄未满一万石的武士。

曹雪芹生于旗人之家，爷爷曹寅①是个风雅之人。那是康熙年间，曹寅任职江宁织造。当时宫廷里要使用大量的丝绸制品，生产宫廷专用丝绸的机构织造署就设在南京、苏州和杭州。南京织造署的主管叫江宁织造郎中，属于要职。当时，朝廷使用的丝绸绫缎数量巨大，官员任免的诏书是要写在绸缎上再贴在纸上的；皇帝赏赐的物品中，也有许多丝绸布匹、绫罗绸缎，所以，当时对丝绸织品的需求量非常大。

康熙年间，曹雪芹的爷爷曹寅在南京任职织造。康熙皇帝六次下江南，有四次都住在江宁织造府。由此可见，江宁织造是个地位甚高的职务。曹雪芹的父亲（一说叔父）曹頫后来也担任江宁织造。

然而，曹頫由于不能完成皇帝交给的特殊任务，先后被停职、抄家。由于他们家原本就是旗人，所以就回到了故乡北京。回到北京之后，曹家就落魄了，一蹶不振。曹家不仅丢了江宁织造郎中的要职，所有的家产也都被剥夺。这意味着失去了当初优哉游哉的富足生活。据说，当时曹家的景况十分窘迫。

那时的曹雪芹还是个少年，随着父亲回到北京，住在北京的西郊，每日喝粥度日，食不果腹。一般情况下，旗人回到北京之后，至少都会住在皇城内，可是曹雪芹一家却住到了西郊外，可以看出当时曹家已经衰败到何种程度。那之后，曹雪芹就开始撰写《红楼梦》了。

---

① 曹寅（1658—1712）：字子清，号荔轩，又号楝亭，康熙年间大臣。曹寅十六岁时入宫为康熙銮仪卫，康熙二十九年（1690）任苏州织造，三年后移任江宁织造。

曹雪芹有个朋友叫敦诚[1]，他曾经作了一首《寄怀曹雪芹》，这首诗保留至今：

> 劝君莫弹食客铗，
> 劝君莫叩富儿门。
> 残羹冷炙有德色，
> 不如著书黄叶村。

能够看得出来，这首诗是在规劝曹雪芹不要寄人篱下，也不要去叩富豪的家门。你曹雪芹虽然残汤冷饭，饮食起居没有着落，但是仍然有道德，千万不要去那些皇亲国戚门上混饭吃，还不如在黄叶村著书立说的好。

从这首诗隐含的意思来推断，当时曹雪芹的生活是相当清苦的。在穷困潦倒的日子里撰写《红楼梦》，这是我们从敦诚的诗中大致推断出来的。曹雪芹是在写《红楼梦》这本书期间去世的，时间大概在乾隆二十八年（1763）吧。他出生的年月不详，只知道他去世的年份。推算起来，大概只活了四十多岁，可以说是英年早逝。

现在的《红楼梦》是长篇小说，共一百二十回，这是根据胡适或者红学研究家俞平伯他们的考证所得出的数据。按照日本的说法，就是一百二十章的长篇小说。其中前八十章是曹雪芹写的，他去世时刚好写到第八十章，其余的四十章据说是由旗人高鹗续写的。

---

[1]　敦诚：即爱新觉罗·敦诚（1734—1791），字敬亭，号松堂，努尔哈赤第十二子阿济格之五世孙，爱新觉罗·敦敏之弟，清朝宗室、诗人。

这个说法现在好像已成定论，但它既不是胡适也不是俞平伯提出来的。俞平伯的爷爷俞樾写了一本学术性随笔《小浮梅闲话》①，他在其中引用了诗人张船山写的《船山诗草》②诗集中同年赠予高鹗的一句诗"艳情人自说红楼"。这句诗的意思是：如果说情趣，人们会自然而然地想起《红楼梦》。这句诗的注释写道：《红楼梦》八十回以后是高鹗补作的。他还指出，《红楼梦》的作者并非一人。胡适等人在红学研究的过程中，也曾经引用张船山的话作为依据。我想，张船山是在曹雪芹之后出现的人物，他所提出的这些观点，应该算是比较可靠的证据吧。

　　然而，也有持反对意见的人。他们认为，所谓的"补"，未必是续写的意思，也可能是"取长补短"的"补"呢。程伟元③版本的《红楼梦》，他在序文中就认为，那个"补"字，就是"取长补短"的意思。但我认为他的话没有足够的证据，缺乏说服力，还是俞樾在《小浮梅闲话》中所引用的张船山的注释具有较强的说服力——《红楼梦》的后四十回，应该是出自高鹗之手。

　　《红楼梦》到底是部什么样的小说？因为太过复杂，所以很难一句两句说清楚。这里我只能简单说一下，

　　当时的金陵城，也就是现在的南京，有宁国府与荣国府两大贵

---

① 《小浮梅闲话》：清代俞樾创作的笔记，主要是对以往小说、传奇以及一些传说的考证。
② 《船山诗草》：清代张问陶的诗歌集。张问陶，号船山，清代著名诗人、书画家。《船山诗草》被收录进1912年中华书局出版的《中国古典文学基本丛书》中。
③ 程伟元（1745？—1818）：江苏苏州人，乾隆后期花数年之工搜罗《红楼梦》残稿遗篇，并邀友人高鹗共同誊抄、整理、编校，三印《红楼梦》。

族。荣国府贾政有一个儿子，因出生时嘴里衔着块玉，故取名宝玉。这个角色就相当于源氏物语中的光源氏。中国一直以来有这样的习俗，一个大户人家要是兴盛繁荣，就会照顾落魄的亲人朋友。在《红楼梦》中指的就是宝玉的表妹林黛玉。林黛玉投奔贾府时才十一岁。同时，受贾府照顾的还有宝玉的表姐薛宝钗。据说，宝钗出生的时候有个和尚来庆贺，送了把金锁戴在她脖子上，并说未来会找到与之相配的"金钥匙"。

在这里我想聊一个题外话，那就是中国的主妇权。这个主妇权的象征是钥匙。在日本尤其是东北地区，婆婆把管家权交给媳妇，叫作"传勺"。因为在日本，做饭的勺子代表主妇的权力。难怪日本的妇女联合会游行的时候，会一边走一边举着大勺，大概就是这个原因吧。而在中国，主妇权的象征，就是金钥匙。宝钗刚出生的时候，就有前来庆祝生日的和尚送了把金锁，可见预言的意味。

宝玉、黛玉和宝钗三个人关系都很好，他们快乐地生活在一起。渐渐地，他们长成了十一二岁的少男少女。也就由小伙伴的关系，逐渐滋生了爱恋的情愫。一方面，宝玉对少女黛玉怀有好感，另一方面与宝钗也关系甚好。黛玉是个美丽苗条又细腻敏感的姑娘。宝钗乐观健康，又长了一副好模样。但如果说恋爱的对象，宝玉确实是更喜欢黛玉的。

不过，掌管贾家的不是宝玉的父亲贾政，而是贾政的母亲史太君。史太君认为黛玉不适合做孙媳妇，就想撮合宝玉与宝钗的婚事。黛玉患有严重的结核病，又生性敏感，怎么比喻呢，就像丝一样。而与她相比，宝钗就像毛绒一样。丝与毛绒相比，显然毛绒更加结实些。没想到的是，宝玉所佩戴的护身符——那块宝玉突然丢失，之后宝玉失魂落魄，好像疯了一样。

之后，贾府里就陆续发生了很多不祥的事情。宝玉的父亲贾政被发配到地方任职，即将离开南京。他出发前想让儿子完婚，于是以骗婚的形式，用计谋让宝玉与宝钗结了婚。所谓的骗婚，就是让宝玉以为是与黛玉结婚。举办仪式的时候，女方的脸被蒙了盖头看不见，就这样，宝玉与宝钗结为了夫妇。就在宝玉和宝钗大婚的时候，黛玉悲痛欲绝，犯了旧疾，不幸辞世。黛玉死时年仅十七。

后来贾府家运不济，支撑贾家的史太君也去世了。家运不济还有一个原因。宝玉有一个姐姐当了妃子，挥霍大量钱财建造了精美华丽的大观园。为此，她的私人财产出现了赤字，由此引发了一连串的不良事件。如果史太君在世的话，可能还有挽救的办法。可她老人家撒手人寰，贾家就从此走向没落，再也无药可救。

就在这时，一个和尚帮着找回了之前丢失的那块宝玉，宝玉即刻恢复了元气。时隔数日，那个和尚再次来访，要求贾府给他一万两黄金作为酬谢。

这时，贾家以宝玉的母亲王夫人、妻子宝钗为首，大家一片慌乱。宝玉自己出去会见这个和尚，不知说了些什么，和尚没拿走一两黄金还满意而归。事实上，宝玉在和尚送还宝石之后就不省人事，梦中在和尚的指引下奔赴了仙界。在仙界宫殿的最里面，一下子看到了逝去的黛玉的身影。宝玉正要去追，却被和尚拦住。和尚告诫他：情、色乃魔性之物，不宜靠近。受到和尚的点化，宝玉又再返人间，一下子恢复知觉睁开了双眼。说来也怪，宝玉之前的疯癫也一去不复返了，又变成了原来的聪慧少年。

之后，宝玉参加了科举考试，以优异的成绩高中。妻子宝钗也有了身孕，感觉贾家又迎来了春天。但渐渐地，宝玉被空虚感包围，对于升迁、富贵没有了追求，最后连家庭生活也厌倦了，突然有一天不见了踪影。父亲从地方离任后返回金陵，把史太君的遗骨埋葬到故里，自己出门远行。

　　某个冬日，雪下个不停，贾政把船停在河岸，看到雪中有个和尚与一个道士。贾政看着和尚与道士的身影，发现那个和尚像宝玉的模样。宝玉穿着红斗篷，在茫茫的雪中，面向父亲彬彬有礼地鞠了一躬。随后，那一抹红色便消失在了茫茫的白雪之中。

　　这就是小说的概要。《红楼梦》完整的故事是很难讲全的。《红楼梦》中有两个重要的女性角色，一个是林黛玉，一个是薛宝钗。除此之外，在宝玉身边出现的女性还有十人，总共十二人，所以被人们称为"金陵十二钗"。由此，那些围绕着宝玉的女性，就形成了一个主题。

　　说到宝玉的女性观，可以说与贾科莫·卡萨诺瓦①是同一种类型。与他截然相对的是《金瓶梅》里的西门庆，西门庆怎么看都有点像唐璜——仅仅为了满足性欲，而与多名女性有染。宝玉对每个人都是纯情的，但与女性的关系还是逐渐变得复杂起来，这就有点像贾科莫·卡萨诺瓦。唐璜和贾科莫·卡萨诺瓦都是西方人，用二人来比照宝玉，虽不能说完全确切，但还是有迹可循的。

　　实际上，曹雪芹也曾经读过《金瓶梅》。这个说法是有依据的，在《红楼梦》手抄本的注释当中曾经出现过。虽说曹雪芹读过《金

---

① 贾科莫·卡萨诺瓦（1725—1798）：极富传奇色彩的意大利冒险家、作家，人称"追寻女色的风流才子"，18世纪享誉欧洲的大情圣，代表作《我的一生》。

瓶梅》，但与《金瓶梅》那种描写百姓生活的现实主义写法相比，《红楼梦》描写的是上流贵族社会的生活。与《红楼梦》相似的《源氏物语》，也是描写贵族生活的，所以它们二者更相似。

那么，《红楼梦》想要表现的是什么呢？我认为，它主要表现的是对美的追求。说得华丽一点，宝玉就好比是美神，他的言行举止都是对美的追求，他不厌其烦地追求美，最终获得了一种空虚感。所以，他放弃了一切美的满足，隐匿了自己的行踪，同样是为了把美追求到底。怎么说呢，这是一种变化，一种极端的变化，由艳丽、奢侈、优雅，一举进入枯燥平淡的世界里。当然，对于枯燥平淡的深层次的理解就是"虚无"。也就是说，"虚无"是美的追求者的最后归宿。这难道还不算达到了极致？因此，我们看到宝玉不知去向，并非是他对现实的逃避，而是象征着他对美的追求到达了极致。我是这样理解《红楼梦》这部作品的深层含义的。

可是，持这种理解是有争议的。颇具权威的"红学家"俞平伯先生，在1954年受到了山东大学毕业的同是研究《红楼梦》的李希凡、蓝翎两个青年的批判。李希凡、蓝翎认为，《红楼梦》这部作品所要表达的思想并不是我上面说的这样，而是把宝玉离家出走看成对封建势力的一种反抗；并说俞平伯先生的红楼梦研究没有涉及这个高度，认为他的态度是反革命的。

这在当时引起了很大的震动，学界出现了关于"红楼梦"的争论，俞平伯先生也受到了严厉的批判。他检讨说：自己思想有问题，马克思主义思想学习不够。结果，李希凡、蓝翎两人的说法占了上风。俞平伯先生潜心研究《红楼梦》几十年，后来也在继续研究，但那之后关于《红楼梦》的研究成果就不再发表了。

这样看来，《红楼梦》的研究经历了各种变迁。《红楼梦》研究简称"红学"，"红学"的争论最初是从主人公原型开始的：《红楼梦》到底是以谁为原型，又是以什么地方为背景来写的？"红学家"们就此展开激烈的争论。

康熙年间的重臣明珠，有一儿子叫纳兰性德，是个诗人。于是有一种说法，说宝玉就是以纳兰性德为原型塑造的人物。这个说法曾经流行过一阵。恰好，我在北京的时候，住在纳兰性德故居附近。我偶尔出去散步，看到纳兰性德曾经住过的宅院，的确有些像《红楼梦》中描写的样子，那里还有一棵又高又大的藤树。面对此景，我想，纳兰性德也许来这里玩耍过吧。但纳兰性德到底是不是宝玉的原型，不得而知。

还有一种说法，说宝玉的原型是清朝的世祖顺治皇帝，而黛玉就是他的董鄂妃。这个说法似乎有些离奇，等于把清廷的秘史公开化了。当时北京大学的校长蔡元培先生就曾主张这种说法，但后来他又自己推翻了，转而认为《红楼梦》是曹雪芹的自传体文学。同样主张《红楼梦》是曹雪芹的自传体文学这个说法的，有俞平伯及胡适等人。

确实，曹雪芹生于显赫家族，他家道中落后回顾少年时代的荣华富贵，再与自己的所见所闻联系起来——他不就是宝玉的原型吗？但我还是不能完全赞同这个说法。应该说，这部作品可能有些曹雪芹家族的影子，但没有特定的原型。作者将记忆中的初恋少女，以及与自己打过交道的女性写进作品是有可能的，但这是否能够算是自传体文学，我以为还有待商榷。

《红楼梦》自问世起就非常有人气，光是续写《红楼梦》的小说就有许多，如《后红楼梦》《红楼补梦》《红楼真梦》《红楼梦影》《红楼梦传奇》等，但还是原著《红楼梦》最为精彩。《红楼梦》用地道悦耳的北京白话写成，非常优雅得体。在《红楼梦》问世之后，又出现了一些用北京白话撰写的小说，其中比较有名的有《儿女英雄传》①《三侠五义》②等。这大概是受到《红楼梦》的影响吧。可以说，这些小说使用北京白话来撰写，是受到了小说《红楼梦》的影响。

---

① 《儿女英雄传》：清代满族文学家文康所著，又名《金玉缘》《日下新书》，是中国小说史上最早出现的一部熔侠义与言情于一炉的社会小说。
② 《三侠五义》：作者石玉昆，是古典长篇侠义公案小说的经典之作，堪称中国武侠小说的开山鼻祖。

《西游记》

　　《西游记》的故事，诸位一定熟烂于心。这是一部很长的小说，要说从头到尾记得一清二楚，那是不可能的。但是，记住故事的梗概，或者书中一些特别有趣的情节，应该不算太难吧。例如，孙悟空是怎么成为猴王的？大闹天宫后，他受到了什么样的惩罚？又是在什么机遇下与沙悟净、猪八戒一起，保护唐三藏翻山越岭、经历"九九八十一难"去印度取经的？铁扇公主属于什么性质的妖怪？取经途中那些大大小小的困难的来龙去脉是怎样的？我想，这些情节，诸位的印象一定都很深刻吧。

　　那么，能够写成这么一部举世闻名、深受大众喜爱的巨著的作者，又是何许人也呢？那是公元1500年，即明朝弘治十三年，在距离如今江苏省淮安县城东南方向四五十公里的乡间，有个名叫吴承恩的人出生了。据说吴家在当地世世代代都是从事教育工作的，虽说不是什么特别有名的教育世家，但也算是这一代的士绅家庭吧。

吴承恩从小就是个用心读书的孩子，刻苦用功，博闻强记，没有辱没家门的荣耀。

古代中国学业有成的读书人，都要参加科举考试，以博取功名，跻身官场。父母培养孩子读书，孩子刻苦攻读，都是为了这样一个共同的目标。吴承恩也参加了这个考试，但考到"岁贡生"①就止步了，其他的考试就再也没有上过榜。"岁贡生"是个比较低的级别，况且他还是在将近50岁时才考取的。经过长时间的周折，他61岁才谋取了个官差，做了七年浙江长兴县县丞。这也是他一生中唯一的为官经历。吴承恩是在1583年去世的，享年83岁。据史料记载，吴承恩大约是在70岁时开始创作《西游记》这部小说的。遗憾的是，我们并不知道他的一生是怎样度过的，也不知道他是怎样的性格脾气。可是，仅从他古稀之年还有雄心创作如此恢宏的著作，就不得不佩服他的学识与毅力。一般来说，人到了老年，想象力就会减退，但吴承恩却不同于一般的老年人，他70岁还有那么丰富的想象力，还能够写出《西游记》这样充满神话色彩的长篇小说，这不得不令我们敬佩。

用心去读《西游记》就会发现，这部书充满着奇幻的构思，以及令人捧腹的故事。更难以想象的是，如此神奇的构思、离奇的故事，竟出自一位古稀之年的老爷爷的手笔。仅这一点，我们就有足够的理由记住"吴承恩"这个名字。

对于中国人和日本人来说，只要提到老年人，人们普遍的印象

---

① "岁贡生"：科举时代贡入国子监的生员的一种。明清两代，每年或两三年从府、州、县学中选送廪生升入国子监读书，称为岁贡。

就是拄着拐杖、种种花之类的。我认为，这样看待老年人是不公平的。我们读《西游记》时，首先感受到的，就是洋溢在小说作品中的吴承恩老爷爷那旺盛而又年轻的精神。《西游记》这部小说，不光赢得了孩子们的喜爱，同样也受成年人的欢迎——就是因为这部小说所具备的永远年轻的精神。

唐三藏是个临危不惧、不折不挠、一心要去印度求取真经的和尚。《西游记》中所写的那个唐三藏，概括起来讲，他的特点就是修行高深、沉着冷静、富有教养。他认真是认真，但也动不动就会抹眼泪。路上遇到装扮成可怜人的妖怪，他也总是满怀同情心，最后总是为妖孽所惑，身陷囹圄。按理来说，他应该比孙悟空、猪八戒、沙悟净更聪明，可遇到事情时，总显得那么低能，以致落入圈套。例如，师徒一行一路西行，到了火云洞。有个叫"红孩儿"的妖怪，听说吃了唐僧肉就能长生不老，于是就变化成一个可爱的小孩在路边哭泣，乞求帮助。前面说过，唐僧是个心肠极软之人，见到小孩子在哭，岂能不伸手搭救？孙悟空是火眼金睛，这"红孩儿"妖怪修为尚浅，他又怎么会看不出来？他心中早就知道这个小孩子是妖怪变的。但唐三藏哪管这些？听着那孩子苦苦哀求，他的怜悯之心就受不了，不顾孙悟空的劝说，忙去救那个孩子，就这么乖乖地进了"红孩儿"的圈套……类似这样的情节，在作品中比比皆是。这些违背常理的故事，将孙悟空塑造成一个神通广大的角色，而将唐僧描写成一个稚童式的人物，大概也是这部小说与众不同的魅力所在吧。

众所周知，孙悟空是猴子变的，猪八戒是猪变的，沙悟净原本是玉皇大帝的卷帘大将，都是非同寻常之人。他们在唐僧的约束下，没什么脾气，粗通人情世故，也很有正义感。猪八戒由于饭量特别大，比人贪吃，一旦肚子饿了，就很难经受得住诱惑，因此惹下了许多麻烦。在这个团队中，行者孙悟空个子最矮，性格上有些猴子的狡猾，与他相比，猪八戒、沙悟净虽然显得笨拙了点，却也老实厚道。

自古以来，就有许多解读《西游记》的书籍，如《西游原旨》①《西游证道书》②《西游真诠》③等。如果用现在的话来说，这些书籍就是《西游记》的导读吧。它告诉读者，孙悟空、猪八戒、沙悟净各自象征着什么，某个妖怪又意味着人生什么样的际遇……分析得仔细又透彻。不过，我以为，这样的书籍对于原著《西游记》的阅读并无益处。因为《西游记》是作者发挥他非凡的想象力创作的一部小说作品，并无考证的依据存在。譬如作品中写的"移山缩地"之法，瞬间就能大幅度缩短两地之间的距离，岂不是有点神话传奇的意味？作品中所描写的人物，主要是唐僧法师与他的三个徒弟，也不是在什么地方都能遇见的平凡人。他们除了具有许多值得人们敬佩的优点外，也存在着一些弱点。也许，正是由于他们的这些弱点而引发的种种灾难与不幸，形成了故事情节的大起大伏，最终才

---

① 《西游原旨》：作者刘一明，清代著名内丹家。本书以道家观点阐释《西游记》，是《西游记》传播史上的一部重要著作。书中对小说所反映出的关于儒释道思想、阴阳五行学说以及易学理论等中国传统思想进行了阐发，对小说中的世俗人情等也有许多精辟的阐述。作者的评点既有明确的指导思想，又有严密的逻辑体系，为清代众多《西游记》证道本中的上乘之作。
② 《西游证道书》：全称为《新镌全像古本西游证道书》，编者是明末清初的汪象旭、黄太鸿。初刊于康熙二年（1663），是《西游记》流传过程中的重要版本之一。
③ 《西游真诠》：清代陈士斌著，该书是中华传世珍藏的国学经典佳作，在海内外广为流传。

成就了这样一部皇皇巨著吧。

　　《西游记》中的主要人物，都是青春的。如果有人动辄指责他们的鲁莽，或者对孙悟空说三道四的话，我就不得不为他们的无知而感到遗憾了。

　　另外也有人认为，小说的作者在宗教方面的知识是混乱的。这种说法也并非完全没有道理。毋庸置疑，佛教是《西游记》这部作品的主要文化氛围，但同时也夹杂了道教和一些世俗的教义。这样一来，就难免会使人感到有些别扭。然而，要是追问一下唐僧的三个徒弟为什么要跋山涉水、万里迢迢护卫师傅去西天取经，就不难发现，他们是为了消解自己犯下的罪孽。可以说，他们这种出于"赎罪"而经受磨难的精神，正是推动这个故事发展的最根本的动力。因此，即便作者的佛教知识不够完备，也并不影响他的作品充满着佛教的色彩。

白蛇之恋与道成寺

前些日子，梅兰芳来日本，在上演的曲目中追加了一部《断桥》，令我至今记忆犹新、难以忘怀。

《断桥》又称《双断桥》或者《断桥相会》，是与《白蛇传》有关的众多曲目中的一部。与《白蛇传》相关的，还有《雄黄阵》《水漫金山寺》《断桥》等曲目，其中的《断桥》属于昆曲而非京剧，使用的乐器主要是笛子。在这一点上，它与《水漫金山寺》等戏曲有着很大的不同。

《白蛇传》这个故事讲的是一个八岁的少年在路边看到一条白蛇正被孩子们欺弄，于是出手相助，救了白蛇。若干年后，这个少年转世变成青年许仙。白蛇为了报答许仙前世的救命之恩，化作美女白氏，与许仙结为夫妇。偶然间却被金山寺住持法海和尚识破前世，因此，许仙便离开了白氏。白氏与她的侍女青蛇精小青一路追赶，行至杭州西湖断桥时，腹疼难忍，触动胎气。恰逢许仙路过那里，小青怨恨许仙负心，拔剑欲斩许仙。而白氏念及昔日夫妇之情，一边劝阻小青一边责备许仙薄情。最后，三人重归于好。而白氏则答应去许仙的姐夫家安心生产。

某天，许仙去金山寺参拜，被法海告知自己的妻子是蛇精。许仙十分恐惧，请求法海和尚让自己在金山寺中躲藏。白氏与小青闻知此事，急忙赶到金山寺。她们一起施展妖术，与法海和尚斗法，水漫金山寺，结果落荒而逃。

《水漫金山寺》可以看作是《断桥》的延续，但《水漫金山寺》是京剧，使用的乐器主要是胡弓，而《断桥》是昆曲。所以，作为戏剧，它们两者各自又是独立的，因此《金山寺》也可以不认为是《断桥》的延续。

《雄黄阵》这部剧的构思更加与众不同，人们多称它为《盗仙草》，或者《盗灵芝》等。端午节，许仙从法海和尚那里得到一罐子雄黄酒。在法海和尚的唆使下，回家与白氏一起饮用。白氏醉酒，现出了白蛇的原形。许仙因惊吓过度而病倒。为了救治病危的许仙，白氏前去拜访南极仙翁，取得了长寿山的仙草。可是在回程途中，却遭到鹤鹿两仙的阻止。于是，白氏与二位仙人展开争斗，白氏被打败。恰在此时，南极仙翁出现，听闻白氏的悲惨遭遇，出于同情将仙草赠予了她。

我从与《白蛇传》相关的诸多戏剧中，挑选了以上三部戏剧来分析。虽然这三部戏剧各有特色，但是从蛇精化作美女妻子与丈夫得知蛇精身份后惊恐不已这两点上看，有着许多共同之处。《断桥》一折描述了许仙的逃亡，《金山寺》一折表述了许仙逃亡的意愿，而在《雄黄阵》一折中，讲述的则是与逃亡完全没有关系的故事。

十一二世纪时，杭州又称临安，是南宋的首都。当时有许多盲人学习琵琶，以通俗易懂的语言来表演各种各样有趣的故事，赚钱糊口。我们把这种说唱技艺称为陶真①。陶真最初是南宋时期宫廷贵族享有的特权，后来流传到了民间，成为娱乐大众、愉悦自身的一种手段。

　　现在，我们可以将《清平山堂话本》②所收录的《西湖三塔记》以及《警世通言》③第二十八卷所收录的《白娘子永镇雷峰塔》视为《白蛇传》的起源。

　　《警世通言》成书于明代。据许多书籍记载，书中所记载的雷峰塔的故事，作为南宋时期的传说被众多临安说书人当作表演素材。当然，《警世通言》所收录的传说故事，大部分都经过了编撰者不同程度的加工、整理，但大多仍然保留了宋代故事的原意。

　　《西湖三塔记》的故事梗概如下：

　　有一天，名叫白卯奴的美丽女子迷路，为临安青年奚宣赞所救。奚青年也缘此机会认识了白卯奴的母亲与祖母。令人诧异的是，她们三个都身着白衣。她们全家只有一个老婆婆身穿黑衣，是家里的女佣人。

　　就这样，奚宣赞与这些女人同住了半月左右。后来，这些老妖

---

① 陶真：宋代民间流行的一种说唱技艺，亦作"淘真"。元、明以至清代，民间还在演唱。
② 《清平山堂话本》：明代小说家洪楩编印的话本小说集，是现存刊印最早的小说话本集。该书包含了宋、元、明三代的作品。洪楩只作了汇整、刊印，并未在文字上加工，真实保留了宋、元、明三代话本的原始面貌。
③ 《警世通言》：明末清初作家冯梦龙的白话小说集，初版于1624年，与《喻世明言》《醒世恒言》并称"三言"。

妇企图杀害他。庆幸的是，被白卯奴所救的奚宣赞借助一道士之力杀死了这三个妖妇，并把她们镇压在三潭印月的白塔之下。

这就是有关三塔的传说。游过西湖的人都知道，湖中的三潭印月指的就是三个石塔伫立于水面。但是，《西湖三塔记》中并没有明显地突出蛇性，而且白卯奴是鸡妖，黑衣老婆婆是獭妖，只有白衣妇人才是白蛇。

《白娘子永镇雷峰塔》的大意是这样的，为了方便起见，我按照章节进行说明：

第一章：南宋绍兴年间，邵太尉手下管钱粮的官员李仁的妻子有个弟弟，名叫许宣。清明时节，在参拜寺庙归来的途中，许宣在渡船上遇到了白娘子与她的丫鬟小青。当时正下着雨，许宣将伞借给她们，而自己淋雨归去。

第二章：第二天，因为归还雨伞，许宣在断桥与白娘子相见。以此为契机，两人交情日渐加深，白娘子要与许宣结为夫妇，并赠银十两。

第三章：李仁探知该银两乃邵太尉府库所有。于是，抓捕许宣。许宣被捕，白娘子与小青脱逃了。许宣被押往苏州。因李仁的关系，许宣被安排在王家当杂役，白娘子与小青也跟着前往苏州。许宣和白娘子成婚。

第四章：许宣在游玩承天寺时，遇见终南山道士。道士告诉他，白娘子是蛇妖，随即赠符并嘱咐许宣收妖。然而道士收妖不成，反被白蛇吊打。

第五章：许宣要去游庙会，白娘子为他准备了漂亮的头巾与宝玉。但这些东西实际上为周将仕所有，许宣再一次被捕入狱。由于李仁的帮忙，许宣又被释放。这次他被押往镇江，在李克用的中药房做工。因许宣做事认真，遭到赵、张两个伙计的嫉妒。白娘子追到镇江与许宣重逢，再次过起了同居生活。

第六章：偶然的机会，白娘子去李克用家拜访。李克用垂涎白娘子的美貌，邀请白娘子参加自己的生日宴。白娘子如厕之际，李克用趁机从缝隙中偷窥，发现白娘子原来是白蛇精，大吃一惊。

第七章：许宣离开李家，自立门户，开起了药房。

第八章：许宣去金山寺，遇到了法海和尚。白娘子和小青也坐船紧随其后，遭到法海斥责，一气之下投河逃跑。

第九章：因为特赦，许宣得以返回杭州。许宣想离开白娘子，却受到白蛇的威胁恐吓。

第十章：许宣前往净慈寺，乞求法海禅师的帮助，途中不幸溺水。恰逢法海路过，将他救起，并把他的一只钵送给许宣。

第十一章：许宣将钵扣在白娘子头上，白娘子立刻变小，被许宣抓住。小青也变成一条非常小的青鱼。法海遂将白蛇收于钵中，镇压在雷峰塔下。

"西湖水干，江湖不起，雷峰塔倒，白蛇出。"

这是当时法海和尚念的咒语。

与《西湖三塔记》相比，我们发现这个故事的内容更为详细复杂，剧情也更加跌宕起伏。

《西湖游览志馀》一书中"双鱼扇坠"的故事，我们看到了与许宣、白娘子初次见面相似的场景。

故事说的是弘治年间，有位名叫徐景春的年轻人出去游玩。行至西湖断桥之时，偶遇一个美人与她的侍女。女子告知他自己迷路了，于是徐景春就把她们送回了家中，并在那留宿一夜。次日离别之际，女子送给徐景春一对双鱼扇坠。徐景春有个名叫张世杰的邻居。有一次，张世杰发现徐景春卧躺在墓地里，便将他救起送回家中。之后，徐景春的父亲去墓地检查，得知所躺之墓是孔氏女儿淑芳的坟墓。

虽然这个故事与蛇精完全没有关系，但部分内容却与白蛇传有雷同之处。

白衣女是白蛇，青衣女是青蛇。其实，这种具神话色彩的表现手法并非起源于《白蛇传》。早在《太平广记》[①]中，就有关于蛇类"李黄"故事的描述。这是最好的佐证。另外，在《情史》[②]中，也有蟒蛇精与白鱼精之类的妖怪。在其他民间传说中，与蛇精变身的女子谈情说爱的故事也很常见。

随便翻阅有关白蛇的故事，我们会发现，这些发生在杭州地区的历史故事与传说有许多雷同之处。例如，"蛇妻故事"一般都是这样的一种模式：

1. 男子不知道女子是蛇精的情况下与之结婚。

2. 偶然得知女子蛇精的身份，仓皇而逃。

3. 女子追赶。

4. 男子与女子发生争斗。

以上都说明了这些故事剧情的大同小异之处。

---

① 《太平广记》：宋代李昉等人编著的大型类书，是中国古代第一部文言文纪实小说总集，凡五百卷。

② 《情史》：明代文学家冯梦龙选录历代笔记小说与其他著作中有关男女之情的故事编纂成的一部短篇小说集。

正如前文所述,《西湖游览志馀》中的《双鱼扇坠》,虽然与蛇精完全没有关系,但是我们能清楚地感受到,它的内容巧妙地被《白蛇传》模仿了,并且这种模仿又像滚雪球似的不断扩大。由此可以推断,《白蛇传》是以这部作品为基础进行创作的。宋代开始,就有许多表演陶真的说书人,他们的口述表演使那些古老的故事变得更加跌宕起伏、扣人心弦。

　　《义妖传》诞生于清朝嘉庆十四年(1809),它会集了自古以来流传的各种《白蛇传》版本以及所有零散的蛇精故事。所以,我们可不可以认为,后代与白蛇相关的诸多戏剧故事,基本上都来源于《义妖传》?

　　白蛇的传说故事,在嘉庆年间最为盛行。我认为最大的原因,就是从这个时候起,戏剧与传说故事开始密切地联系起来了。

　　现在,让我们再来看我国(日本)的近代文学。我偶尔也会想起上田秋成①所编写的《雨月物语》中的《蛇形之淫》。很明显,这个故事的灵感来自于《警世通言》第二十八卷的《白娘子永镇雷峰塔》与《西湖佳话》卷十五的《雷锋怪迹》。

　　讲到蛇的传说,《道成寺传说》②算是我国(日本)最古老的"蛇妻故事"了。但是,估计《道成寺传说》并没有给上田秋成留下多

---

① 上田秋成(1734—1809):日本江户时代后期著名的作家、学者。上田秋成的文学创作以小说成就最高,主要作品有《诸道听耳世间猿》《世间妾形气》《春雨物语》,其小说作品《雨月物语》取材于中国的白话小说,被誉为日本怪异小说的顶峰之作。
② 《道成寺传说》:流传在日本纪州的有关安珍与清姬的古老传说。主人翁是来自奥州要去熊野参诣的僧人安珍,和他在纪伊国寄宿家中的少女清姬。内容描写清姬爱慕寄宿的安珍,在遭到背叛后化身成蛇,将躲藏在道成寺之钟里的安珍烧死的故事。

少印象。

对于上田秋成来说，与《道成寺传说》相比，中国文学的魅力更大。所以，《蛇形之淫》完全可以看作是《白蛇传》的改编版。它的章句措辞以及构思等，都明显留有《白娘子永镇雷峰塔》与《雷峰怪迹》的痕迹。这一点通过比较就会一目了然。关于这一观点，麻生矶次[①]在他编著的《江户文学与中国文学》一书中也曾经谈到，好学之人可以阅读一下。

我认为《道成寺传说》并没有受到中国文学的影响，也可以说，"蛇妻故事"是世界上普遍流传的传说故事，所以，我认为这部作品与中国文学并没有必然的联系。

《道成寺传说》作为日本最早的"蛇妻故事"，故事完整，情节生动感人，应该说是一部比较成熟的作品。可这个故事是许多零散的故事拼凑而成的，甚至能够看到其中改编的痕迹。

蜀山人[②]在他的《一话一言补遗》一书中，记载了有关《道成寺传说》成书的一段有趣的故事。

谣曲《道成寺的故事》，追溯其渊源，应该源自《法华验记》一书中的"纪伊国牟娄郡恶女"这个故事；不过这个故事里没有写僧人的名字与住所。《今昔物语集》一书中"纪伊国道成寺僧写法华救蛇语"的故事，也是根据《法华验记》中的这个故事改编的。而"安珍"这个名字始见于《元亨释书》，说他是鞍马寺的僧人。可以说，

---

① 麻生矶次（1896—1979）：日本文学家。
② 蜀山人（1749—1823）：本名大田南亩，江户时代中后期的武士，狂歌师、剧作家、学者，著有《一话一言》等。

《今昔物语集》和《元亨释书》的相关故事均出自《法华验记》。此外，在土佐广周①的画词中，僧人的名字变成了"贤学"。而改编成谣曲后，就没有再提及他的名字，只说是从奥州前往熊野参拜的僧人。在《今昔物语集》中，化身成蛇的是一名寡妇，而在画词里则说是少女。可见，这个故事的细节在改编的过程中一直发生着变化。

由此，我们可以看出，这个故事的内容并非是固定不变的，而是在流传的过程中一直发生着变化。

据《诸国采药记》一书记载，在纪伊国的钟卷村有座钟卷寺，有个富豪名庄司，庄司膝下有独女清姬。后来，化身为蛇的清姬用自己的身体把寺庙里的吊钟卷了七层，化成了铁水。数百年后，人们才将这座寺庙的名字改为"道成寺"。书中记载清姬当时十三岁，她将自己的爱奉献给了奥州白川的僧人安珍。

临别时，清姬说道：

"按照前世的约定，你去三熊野神社②参拜神灵吧。"

安珍恋恋不舍地回应道：

"等去三熊野神社参拜过神灵，一定还会回到你的身边。"

可见，《诸国采药记》的记载用的是对歌的形式。由此，我们不难看出，这个故事的原型应该是口口相传的。《白蛇传》流传至今的故事，是以南宋时期说书人的说书词为蓝本改编而成的。同理，流传至今的《道成寺传说》，大概也是从三熊野神社的祭祀仪式的民间

---

① 土佐广周（1429—1487）：日本室町中期"土佐派"第九代画家。
② 三熊野神社：据史料记载，日本文武天皇的皇后怀孕后，天皇在神的面前发誓道：若是能够顺利诞下皇子，当在东方建三座神社，日夜供奉。所以，就有了现在的三熊野神社。

故事演变而来的。这可以说明，《道成寺传说》与中国文学当中的"蛇妻故事"并没有必然关系。《道成寺传说》的起源与演变，有着它自身的原因与轨迹。

可以说，《雨月物语》[①]完全摒弃了中国文学的糟粕。就说《蛇性之淫》吧，虽然它源自中国的《白蛇传》，但又很巧妙地作了取舍，形成了上田秋成独树一帜的艺术风格，给读者耳目一新的感觉。这部作品同时也证明了上田秋成是优秀的文学家。如果要想对《雨月物语》这部作品做出客观的评价的话，我以为就必须深入地解读《白蛇传》。这就是我的结论。

---

① 《雨月物语》：日本江户时代中期上田秋成写的怪异小说，共九篇。

中国的短篇小说

在《汉书·艺文志》中，有这样的一段记载："小说家者流，盖出于稗官。街谈巷语，道听途说者之所造也。"

这里的"小说家"，与我们如今所说的"作家"这个概念略有不同。当时出现了儒家、墨家、法家、兵家、道家等，由此我们可以看出，所谓"小说家"，应该是"诸子百家"当中的"一家"吧。换言之，它是众多流派中的一派。那么，古代的"小说家"究竟是什么含义呢？

简言之，他们就是记录民间街谈巷语、道听途说之人。

我们来看"稗官"的"稗"字。"稗"原指一种一年生的草本植物，是稻田里的杂草，可引申为"微小、琐碎"之意。所以，"稗官"的意思是到处收集如稻草一样琐碎之事的官员。不过，过去人们对是否存在"稗官"这种类型的官员，是持怀疑态度的。这就像当初人们怀疑《诗经》是由众多的"采诗官"收集素材写成的一样。

但是，"街谈巷议""道听途说"这些简单的词语，恰巧道破了小说的来源。

在古代的信仰中，"街谈巷议""道听途说"是被赋予了神的旨意的。当然，能够领会神的旨意的，实际上就是"小说家"这么一些人吧。

古代小说家的任务是倾听民间的街谈巷议，并探寻其中所包含的神谕。很快，他们根据"街谈巷议"创作的作品就开始流传于世了。其中，寓言故事就是最好的例子。

中国古典小说中有很多寓言故事，这些寓言故事逐渐演化为故事熟语，也就是人们现在所用的成语。无疑，小说家就是这些成语的创造者与规范者。

我们现在从儒家、墨家、道家等古典作品中阅读到的众多古寓言故事，全部是小说家撰写的。根据《艺文志》里对小说家、儒家、墨家、道家的描述，创造寓言故事的人是谁，可以说一目了然。

在日常生活中，我们会信手拈来地使用"小说"这个词语。如果作更深的思考的话，就会发现它并不是"小的故事"的意思。要是那样理解的话，就会是一件很奇怪的事情。但是，如果从"小说"的原义即根据街谈巷议而创作的寓言故事这一点来看的话，把它理解成"小的故事"，又是无可厚非的。

在李善①所注的《文选》三十一卷《杂体诗》中，引用了桓谭《新论》②的有关内容，道："小说家合残丛小语，近取譬喻，以作

---

① 李善（630—689）：唐朝著名学者，注解有《文选》六十卷，大行于世。
② 《新论》：东汉桓谭所著的政论著作，共二十九篇。

短书，治身理家，有可观之辞。"这充分说明了古代小说家的职能。

艺文志中著录的小说有《伊尹说》二十七篇、《鬻子说》十九篇、《周考》七十六篇、《青史子》五十七篇、《师旷》六篇、《务成子》十一篇、《宋子》十八篇、《天乙》三篇、《黄老说》四十篇、《封禅方说》十八篇、《待诏臣绕心术》二十五篇、《待诏臣安成未央术》一篇、《臣寿周纪》七篇、《虞初周说》九百四十三篇、《百家百》三十九篇，合计十五家1380篇。这些作品都已失传，所以内容不得而知。不过，仅仅通过观察当时小说家作品的篇名，我们也能发现，小说家是寓言故事的创作者。当然，其创作思想的根源还是源于方术。

我们若是将《山海经》《穆天子传》两部著作归为古代小说的话，那么，我认为，这些地理知识与人物传记的素材，都是当时的小说家们提供的。后世的人是将其当成小说来读的，而在当时的作者来看，那就是在介绍地理知识与书写人物传记。总而言之，小说家是众多素材的提供者，这一点毋庸置疑。

中国的小说起源于琐碎故事，所以小说的篇幅较短小精悍。

我们平时习惯使用"汉魏六朝小说"这个词语。而事实上，如今我们能够见到的那些所谓的"汉代小说"，全都是魏晋六朝时期的作品。《海内十洲记》(东方朔)、《神异经》(东方朔)、《汉武故事》(班固)、《汉武内传》(班固等)、《汉武洞冥记》(郭宪)、《飞燕外传》(伶玄)、《杂事秘辛》(不详)等，名义上虽说是汉代的作品，但实际上都是六朝时期的作品。

六朝时期，有诸如《拾遗记》《搜神记》《搜神后记》《异苑》《博异志》《西京杂记》等作品较为完整地流传了下来，而如《列异传》《灵鬼志》《异林》《述异记》《志怪》《神异记》《幽冥录》《冥祥记》

《俗说》《郭子》等作品，只出现在其他书籍的引用中，只剩下片鳞只爪，有的甚至只有书名流传至今。

最有意思的是，那些名义上的"汉代作品"，为什么多是六朝时期的伪作呢？关于这个问题，我认为可以从以下三个方面来阐释。

其一，六朝时期，社会异常动荡不安，朝代更替不断，所以出现了很多故弄玄虚的"伪作"，以博得人们的关注。这不只限于小说，比如这个时期也出现了著名的《古文尚书》这部经学伪作。但是，数百年间，人们并没有发现它是伪作。

其二，六朝时期，由于发掘了大量古代文献，各地都取得了大批古代文献资料。这些考古发现，在社会上引起了轩然大波，同时也为人们识别伪作提供了有力的证据。《穆天子传》《竹书纪年》等都是六朝时期被发现的。一旦真迹面世，六朝时期的那些伪作也就不言自明。当然，伪造的历史源远流长，不仅仅是六朝时代，即使是近代，伪作也不鲜见。

其三，在历史上，有许多古书早已失传，只有书名流传至今。若是有人将这些失传已久的作品"伪作"出来，公之于世，是不是更有社会价值呢？例如《海内十洲记》《汉武故事》《飞燕外传》等被称作汉代小说的"伪作"，不是只剩下书名流传至今，而书籍的内容早已散佚了吗？

汉代文化极为兴盛，要是说连一本小说都没有流传下来，是绝对不可能的——也许是人为销毁了吧。这样一来，当中有些小说只有书名流传至今，也就不足为怪了。由此，我们可以推断，六朝时期的人们借用汉代流传下来的书名，"伪造"出了大批的小说作品。

从中国的小说史来看，真正意义上的小说应该是在唐代出现的。所谓"真正意义上的小说"，也就是指具有完整的故事情节，通过完整的故事情节来反映社会生活的文学体裁。

六朝以前，人们习惯将所谓的街谈巷议汇集起来，编撰成逸闻传说之类的作品。这也可以说是中国文学最大的派系之一。尽管形式各有不同，但是尊重逸闻传说的传统一直延续到近代。到了唐代，人们已经不再满足于编撰逸闻传说，而开始尝试创作具有完整故事情节的小说作品了。换言之，唐代小说与此前的文学形式有明显的差别，人间的悲欢离合变成了小说创作的主要内容。

这种变化的发生，可以理解为是社会文化繁荣带来的必然结果。众所周知，唐朝文化是当时世界上最璀璨的文化。以长安为中心的唐朝文化，得到了史无前例的发展。自清代徐松《唐两京城坊考》[①]刊行以来，人们从文献与考古两方面，深入开展长安文化的研究。随着研究的不断深入，人们越来越惊叹于唐朝的繁荣。唐朝繁荣所带来的生活状态与人们感情的复杂化，表现在文学上，就是将诗歌与散文两方面都推向了巅峰。

鲁迅在《中国小说史略》中曾经做出论断。他认为，唐朝小说与以前相比有了很大的发展；有意识地进行小说创作，就是从唐朝开始的。

进入唐代，所谓的"古文运动"兴起，人们从形式僵硬的"四六文"中解放出来，开始自由地进行散文创作。我想，这也是这时期小说能够得到长足发展的最大原因吧。

不可否认的是，形式的自由与文化的繁荣，促进了小说的兴起

---

① 《唐两京城坊考》：清代徐松编撰的唐代史料专著。

和发展。缺了哪个方面，都不会派生出如此丰富多彩的作品。唐代小说大概可以分为艳情、剑侠、神怪三大类，但艳情类并非单纯只讲述情爱，这当中也会穿插神怪，而神怪类作品当中，也会穿插许多剑侠的内容。当然，还有一些作品不属于这三种类型之中的任何一种，比如《本事诗》①，在内容上它属于趣闻逸事的集大成者，而在体裁上，它又采取了诗歌的形式。

有些文学史书将唐代的小说归结为短篇小说。就这一点，我觉得有必要再多说几句。19世纪以后，在西欧兴起的短篇小说展示的都是人生的某个视角，而唐代小说虽然从形式上看也属于短篇小说，但如果对它们的内容进行扩展的话，也就相当于长篇小说了。也就是说，唐代的短篇小说，有点像电影的梗概，在内容上是进行过浓缩的。这也是为什么许多唐代的小说后来能够成为元曲以及其他剧目的素材。

宋代社会最显著的特征，就是城市工商业蓬勃发展，并且成立了工商业协会组织，行业之间形成了互相扶持来促进财富增长的社会模式。就连一些小城市，在娱乐与消费等方面都得到了长足的发展。

宋代的工商业者与唐代的知识分子不同，他们在本质上属于普通百姓，所以，其休闲娱乐，也不可能脱离他们日常生活的轨迹。

民间艺术不是宋代的产物，很早以前就出现了，只是在宋代得到了更充分的展示。尤其是在北宋的汴京与南宋的临安这两大城市，

---

① 《本事诗》：唐代孟棨撰写的诗论。《本事诗》记载了很多唐朝诗人的逸事，并收录了相关的一些诗歌。因为这本书，很多优美的诗篇、故事和唐人佚诗才得以流传，因此弥足珍贵。崔护脍炙人口的诗《题都城南庄》即来自此书："去年今日此门中，人面桃花相映红。人面不知何处去，桃花依旧笑春风。"

由于民间艺术与人们的生活有了更加密切的联系，所以得到了大肆渲染。记载宋代民间艺术的书籍主要有《东京梦华录》《梦粱录》《都城纪胜》《武林旧事》等。

当时，说书人的口头表演形式有"小说""讲史""说经""说诨话"等，如果分得更加详细一点的话，"小说"中有讲述犯罪探案的"说公案"与讲恋爱故事的"烟粉"等，"讲史"中有专说三国故事的"说三分"，"说经"中有专说宗教故事的"说参请"。

《京本通俗小说》①是以"烟粉"与"灵怪"故事为主的小说集，流传至今的仅存七篇。但也有学者认为这不是宋代的作品，而是明代人"伪造"的古书。但我认为，从内容上来看，它仍然是按照宋代说书人口述表演的内容刻印出版的书籍。

《京本通俗小说》与唐代小说不同，它给读者一种亲切感，因为其中用的不是古语，而是口语。这也是它被称作"话本小说"的原因吧。

村松暎译的《京本通俗小说》，最初是以《杭州绮谈》为题在日本发行的，这次将全书改译再次发行。

起源于宋代的话本小说，到了明代，出现了空前繁荣的局面。明末天启年间，代表作小说集"三言二拍"横空出世。"三言"指《喻世明言》《警世通言》《警世恒言》，"二拍"指《初刻拍案惊奇》《二刻拍案惊奇》。"三言"的作者是冯梦龙，"二拍"的作者是凌濛

---

① 《京本通俗小说》：目前已知最早的宋代话本小说，原书不知何人所编，有人认为是宋元作品，也有人认为是明代人伪作古书。原有篇目数亦不详，现存缪荃孙在1915年刊刻的七篇，收入"烟曲东堂小品"丛书。这些话本小说真实反映了宋代的社会生活及风俗人情。

初。尽管他们不是原著者，但他们都是知识分子而非说书人出身。由此可以推断，他们二人在编撰时或多或少都对话本做了增删、润色或者再创作。抱瓮老人①从"三言二拍"中选出佳作四十篇，编成《今古奇观》。虽然抱瓮老人真名不详，但大家都认为，他与冯梦龙、凌濛初一样，都是知识分子。

说起清代的白话短篇小说，就不能不提到李渔。李渔是17世纪众所周知的戏曲家，同时也是小说家。作为小说家的李渔与作为戏曲家的李渔，都具有共同的文学观点。一言以蔽之，就是他能够非常巧妙地设定故事情节。从这一点上讲，李渔的《十种曲》与小说集《十二楼》，可以说是异曲同工之作。总之，他是一个非常有作为的作家。他会尽量避开怪异情节，而选择贴近生活的题材。他的作品布局巧妙、独树一帜，侧重描述人的喜怒哀乐。所以李渔可称古今中外不可多得的一位艺术天才。

近代文学的胎动出现在晚清以后。这里的"近代"，严格意义上讲，是指文学革命以后，应该从五四运动前后算起。

胡适的《文学改良刍议》与陈独秀的《文学革命论》，现在看来，内容虽略显幼稚，但在这样的一个历史转型期，他们的主张还是产生了深远的影响。可以说，是他们揭开了中国近代文学史的序幕。单凭这一点，就必须对他们主张的历史价值给予高度的评价。

鲁迅是个文学家。但许多人都会有这样一个疑惑：我们是应该称他为单纯的作家呢，还是称他为单纯的评论家呢？鲁迅作为一个

---

① 抱瓮老人：明朝姑苏人，真名不详，编有《今古奇观》一书。《今古奇观》书前题有"墨憨斋手定"，可能是冯梦龙的朋友。

文学家，在日本也是非常受关注与认可的。因此，我认为鲁迅是最具有中国特色的文学家。

《中国小说史略》是鲁迅编写的，在对中国旧小说的认知方面，他开了先河。同时，他也是中国旧小说的批判者。乍一看，这种说法是自相矛盾的，但实际上一点都不矛盾——将对立的二者统一，才可称得上真正洞悉中国特点的文学家。

实际上，我不敢冒昧地断言鲁迅到底是一名小说家还是一名评论家。如果仅论小说的话，他的作品与我们概念里的小说又略有不同。那么，具体存在哪些不同呢？那就是鲁迅的作品是带有随笔随想性质的。他的小说像更是随笔随想的一部分。所以，与其说他的作品是"随笔小说"，倒不如说是"小说的随笔"更为恰当。

我做这样的解释，想必会遭到许多鲁迅研究者的非议吧？但细细想来，我所读到的鲁迅作品，不管是《狂人日记》《孔乙己》，还是《故乡》，毫无例外都是"小说的随笔"。

从这个意义上来说，我认为老舍的小说才是真正意义上的小说。当然不仅仅是老舍，丁玲的作品也是这样。

这里，我们暂且不论作品的好与坏、价值的高与低，我想说的是，哪些作品属于真正意义上的小说。

如果说鲁迅的作品旨在大肆宣扬救国思想的话，那么老舍的态度则是温和的，他是在只言片语里渗透他的救国思想与情怀。我认为，老舍在宣扬救国救民思想方面是有含蓄一面的，所以我总觉得像《火葬》①这样露骨的文章，很不像老舍的风格，但这的确就是老

---

① 《火葬》：作者老舍，是一部以抗日武装斗争为主调的作品。

舍的经典长篇小说。老舍本是长篇小说作家，但同时也非常擅长写短篇小说。

我觉得丁玲不算是特别出彩的作家。但是自《阿毛姑娘》①出版发行以来，她的作品也开始受到人们广泛关注了。

---

① 《阿毛姑娘》：丁玲早期作品之一，描绘了一个生活在城乡交界处的姑娘，面对外界诱惑而心理失衡，最后自杀而亡的故事。

中国民俗学研究

　　中国民俗学研究的发展，给日本柳田国男[1]的日本民俗学研究带来了很多启示。1913 年，北京大学以周作人、顾颉刚、许道龄为首创立了歌谣研究会与民俗调查会这两个研究团体。我认为，这可以看做中国民俗学研究的起点。

　　当时，因歌谣研究会刊物的发行，各地的歌谣及谚语等被收集宣传。顾颉刚对《孟姜女故事》的研究，在当时可以说是具有划时代意义的。以此为契机，随之出现了许多与中国民俗学相关的著作。

　　比如，在此之前，孟姜女故事仅仅是作为单纯的民间故事而为大家所熟知，顾颉刚却把它作为民俗学研究的对象来介绍，开辟了

---

① 　柳田国男（1875—1962）：日本民俗学创立者。东京大学政治专业毕业。早年投身于文学事业，后来从事民俗学研究，1951 年荣获日本文化勋章。

新的研究领域。此外，钟敬文①发行了《民间文艺丛话》，介绍了山歌以及竹枝词等许多民间传承的文学作品。容肇祖②在他的著作《迷信和传说》一书中，介绍了占卜的起源、妙峰山进香者的心理以及二郎神考等。说起妙峰山，顾颉刚著有《妙峰山》一书，这也是很多人对妙峰山产生兴趣的根源。宗教圣地妙峰山是北平一带民众信徒的一个朝圣胜地，前来参拜的人可谓络绎不绝，犹如日本人参拜寺庙、神社的景况。

在当时，介绍各地民谣、歌谣的主要著作有娄子匡的《绍兴歌谣》、魏应骐的《福州歌谣甲集》、张干昌的《梅县童歌》、谢云声的《台湾情歌集》。讲述民间故事的出版物主要有娄子匡的《绍兴故事》、刘万章的《广州民间故事》、吴藻汀的《泉州民间传说》、萧汉的《扬州的传说》等。收集各地谜语的著作主要有刘万章的《广州谜语》、白启明的《河南谜语》、王鞠侯的《宁波谜语》等。钱南扬在他所著的《谜史》中，详细地描述了谜语的起源以及变迁等，这本书可以说是这方面具有划时代意义的著作。

民俗学会出版的杂志《民俗》，其编撰人员聚集了歌谣研究会及民俗研究会的相关人员。尤其值得注意的是，《民俗》经常推出专刊，都是非常具有价值的，比如专刊《神》（民国十八年五月二十九日）、《旧历新年》等，向我们展示了许多有趣的传说故事。

民俗学研究的运动规模很大，范围甚至扩大到了地方，如杭

---

① 钟敬文（1903—2002）：原名钟谭宗，中国民俗学家、民间文学大师、现代散文作家。他毕生致力于教育事业以及民间文学、民俗学的研究和创作工作，贡献卓著。
② 容肇祖（1897—1994）：著名的中国哲学史研究专家、民俗学家和民间文艺学家。

州、宁波、厦门、福州、漳州、汕头等地都出现了研究团体，致力于众多材料的采集与收集工作。

1930年的夏天，江绍原、钟敬文等人，试图扩大并强化民俗学方面的研究，出版了相关研究丛书，有《民俗学论文集》（秋培卢编）、《湖州歌谣集》（张之金编）、《福建民俗概论》（翁国樑编）等。此外，还有没有正式出版但已经列入出版计划的书籍，如《中国民谈型式表》（钟敬文）、《民俗旧闻集》（钱南扬）、《中国新年风俗志》（娄子匡）等。研究团体相继创立，各地参与民俗研究的人员数量惊人，范围几乎覆盖了全国。

当时，采集素材的技术水平还停留在初级阶段，采集手段并没有达到日本采集传说故事素材那样的熟练程度。所收集到的文章，很多都被采集者做了修改，因此难以保留传说故事原有的风貌，这一点是很令人遗憾的。就说陈德长、娄子匡共同编写的《绍兴故事》这本书吧。这本书收录了十七篇左右的绍兴民间故事，尽管有意识地保留了绍兴地方的方言，但令人遗憾的是掺杂了许多编者自己的想法，从而失去了文章原始的风韵。

丘玉麟[①]于1930年出版了《痴人与狡人故事》一书，书中采集了很多潮州地方的传说故事。这本书旨在分类收集潮州地方愚蠢人与狡猾人的故事，文章的风格却是编者自身的文风，没有能够保留故事的原汁原味。当然，列举的这些例子只是其中很少的一部分。

---

① 丘玉麟（1900—1960）：担任大中教职三十多年，桃李满天下。他热衷于俗文学的发掘，是潮汕民间文学的辛勤园丁，是编纂潮汕民间歌谣的先行者。他为教书育人、弘扬潮汕文化，做出了重大的贡献。

由此，我们可以看出，当时出版的民俗学方面的书籍，多少都存在这方面的遗憾。这种情况不仅限于当时，直到现在，依然是中国传说以及民间故事采集过程中存在的一个缺陷。这些各地流传的故事以采集者的口吻被翻译出来，失去了民间故事原有的风韵，这是最大的遗憾。从这个角度上讲，不得不承认中国民俗学的研究，尤其是在采集素材的态度及技术处理方面，确实不如日本民俗学的研究。

中国民俗学的发展对日本民俗学研究产生了深远影响，这一点确实是毋庸置疑的。但与此同时，我们又不得不承认，居住在中国的许多外国人，尤其是基督教传教徒，对民俗学研究做出的贡献也是不可忽视的。这方面的著作也很多，比如，清华大学教授詹姆森于1932年在北京出版了当时最有名的中国民俗学入门书籍《中国民俗学三讲》。他在书中解释了中国民俗学传承的定义，介绍了中国的灰姑娘、狐妻等有趣的故事。另外，他还在书中介绍了史禄国[①]教授的民间传承论，并附录了中国民俗学研究的参考文献。可以说，这是一本促进中国民俗学发展的书籍。

昭和十二年（1937），中日两国之间出现了问题，民俗学的研究也自然而然遭遇了阻碍。但是，那时留在北京的周作人、沈兼士、常惠等人历经苦难，孜孜不倦地致力于民俗学的研究。同时，我们也不能忘记虽然离开了北京，历经战争苦难但依然没有放弃民俗学研究的人们。其中，闻一多做出的贡献是最值得肯定的，他所编写

---

① 史禄国（1887—1939）：俄国人类学奠基者，现代人类学先驱之一，通古斯研究权威。俄帝国科学院院士。1917年后长期在中国执教，先后任教于北京大学、中山大学。费孝通是其研究生。

的《伏羲考》《高唐神女传说之分析》《文学的历史动向》《屈原问题》等诸多论文，被称为中国民俗学的宝藏。他的研究涉及民俗学与文学两个方面。由此，可以联想到我国（日本）折口信夫的学术风格。在华日本人对民俗学的研究态度也是非常积极的，当时，新民印书馆策划出版刊物《东方民俗学林丛书》，同时也出版了《北京地名考》《白云观的道教》等刊物。这里我要说明的一点是，北京辅仁大学在当时属于天主教大学，这所大学设有附属民俗博物馆，博物馆里拥有以馆长 M. 埃德（M. Eder）博士为核心的众多研究人员，他们在研究上所取得的骄人成绩也是备受关注的。当时，研究所也编辑出版过一本名为《民俗学志》的杂志。关于这一点，直江广治曾在杂志《史学》（第二十三卷第二号《特集东亚文明的始源》）上发表的《中国民俗学研究的近况》这篇文章中详细介绍过。

中华人民共和国成立后，民族主义得到了空前的发展，民俗学研究也进入了一个新的阶段。官方与民间都在努力宣传分布在中国各地的少数民族的生活、信仰、技艺等。当时出版了很多以少数民族生活、信仰、技艺等为主题的研究书籍，这是前所未有的。这方面的专业杂志主要有三种，即《民间文学》《民间文学集刊》《民间文艺选辑》。

不过，要是读一读这些杂志，最大的感受就是这些杂志并不只单纯地探究中国民俗学，还含有很多政治意图。例如，当看到《民间文学集刊》第五本即 1959 年刊的目录的时候，就会发现这是《新歌谣与革命传说》的特刊。所谓"新歌谣"，即并非古代传承下来的歌谣，而是经过重新制作的革命传说类的歌谣。说的虽然是古代的事情，但里面穿插着新创作的内容。如果我们站在一般民俗学研究角度来看的话，多少会有难以理解的地方。

近些年来，在中国文化圈掀起了各种各样的热潮，而民俗学方面的研究尤其值得关注。中国民俗学创始人之一的钟敬文，最近遭受政治风波，他的民俗学研究的态度也遭到了非议。他此前所写的论文，如在 1928 年 9 月 9 日刊行的杂志《民俗》"后记"一文中所写的那些话，被理解为是"资产阶级御用学者"的言论，而遭到了无情的批判。

政治批判与责难暂且不论，我们依然需要正视钟敬文对中国民俗学研究所做出的卓著贡献。今后，最大的问题就在于，中国民俗学研究应该朝什么样的方向发展？研究者们应该怎样取得研究资料，怎样整理流传于民间的民俗学资料，以便与世界各国的民俗学研究保持密切联系？

王昭君的故事

在漫长的中国文学史上，即便是跨越了悠远的时空，"王昭君"这个名字依然经久不衰，总是给历代诗人以无限想象的空间，为诗歌创作提供不竭素材。她离开汉朝地界，远嫁匈奴时所吟唱的《怨词》"秋木萋萋，其叶萋黄"，流传至今。但是，这首诗到底是否为王昭君本人所作，还值得商榷。我猜，大概是在王昭君远嫁匈奴，她的故事广泛流传之后，有人假借王昭君的名义创作的作品吧。

在慨叹王昭君的诗作中，最古老的还要属汉乐府《昭君辞》①（一作《昭君叹》）。之后，到了六朝时期，西晋时期的石崇创作了《王明君》。到了唐朝，在李白、白居易等人的诗作中也总能见到王昭君的名字。总之，在历代诗作中，王昭君是一位被诗人们反复吟

---

① 《昭君辞》：南北朝诗人沈约的作品。作者在剪裁与刻画技巧方面颇具匠心，着重描写王昭君离开汉宫前往匈奴途中的所见所感。

咏的女主角。这是为什么呢？我将在后面来谈这个问题。提起王昭君，人们马上联想到的，应该就是李白所创作的那首短篇诗歌吧：

昭君拂玉鞍，上马蹄红颊。今日汉宫人，明朝胡地妻。

辞曲虽短，但意味深长。出自名家之手的诗作，果然不同凡响。

若是要问有关王昭君的最经典的文学作品是什么，我认为，当属元代戏曲《汉宫秋》。所有历代关于王昭君的文学故事，以及它们所传达的情感，都通过这部戏曲得到了最好的表现。它仿佛是高高的枝干上生长出的美艳的果实，令人有种耳目一新之感。

《汉宫秋》的作者马致远，出生于元朝大都——现在的北京。他与关汉卿、郑光祖、白朴并称"元曲四大家"。《太和正音谱》曾记载：

其词典雅清丽，可与灵光景福两相颉颃，有振鬣长鸣万马皆喑之意。

我以为，这样的评价并不夸张。他流传至今的作品大约有七种，其中以王昭君的故事为题材的《汉宫秋》是最为出色的。

马致远是如何把王昭君的故事戏剧化的？与其他元曲一样，《汉宫秋》也由四折组成。所谓"四折"，实际上就是四幕的意思。在一折戏中，故事情节一般是没有明显转折的。如果以文章来做类比的话，就与段落的意思相近。

首先登场的是匈奴的呼韩邪单于，场面是单于远征。以往为防止匈奴入侵，汉朝也有将公主远嫁胡地的先例。此时，呼韩邪单于又率兵十万进攻汉朝，并且以通婚相要挟。汉朝军队也正在塞北集结。场景又转到汉宫里，狡猾奸诈的中大夫毛延寿正盘算着该如何讨好喜欢女色的汉元帝，他花言巧语地向皇帝献计说：现在天下太平，应该把十五岁到二十岁的美女招到后宫。汉元帝也顺水推舟地答应了。以上内容就是楔子，场面辅助式插入，接下来才正式进入第一折。

毛延寿是个贪得无厌的狡诈之徒，他从那些被招进宫的秀女家人那里索取大量钱财，并尝到了甜头。来自南郡秭归县的王家之女王嫱（字昭君），可以称得上是绝世美人。毛延寿正在为这个能赚钱的好机会而暗自高兴，但对自己的容貌自信而又出身贫寒的王昭君拒绝了毛延寿索取黄金百两的无理要求。于是，毛延寿怀恨在心，使出了一个恶毒的招数。他令人将王昭君的画像画得十分丑陋，王昭君因此失去了受皇帝召见的机会。在毛延寿的奸计之下，十年当中，王昭君就连见皇帝的机会也不曾有过，每天只得与琵琶为伴。

一天，皇帝去后宫散步，突然，他听到阵阵悲凉的琵琶声。循音探去，竟然发现了后宫的第一佳丽。自此毛延寿的奸计败露，王昭君终于迎来了生命中的春天。十八岁被招进宫里，直到二十八岁，远离家乡的她，一直忍受着囚徒般的寂寥和悲哀。但娇媚的身姿在这份惆怅的点缀下，仿佛雨后梨花，更是平添了几分清新的情趣。

再说呼韩邪单于。他派出使臣，要求汉元帝将公主许配给他为妻。汉元帝以公主年纪尚幼为由拒绝了他。单于十分不悦。奸计败露的毛延寿害怕皇帝降罪于他，又有了更狡猾的计划。他投奔到单于的阵营，并带去了王昭君的肖像画，对昭君的美色赞不绝口。单于看了昭君的肖像画，十分心动。此时的单于觉得能不能娶公主已经不重要了，他更倾向于求得昭君的爱慕。而这正中了毛延寿的奸计：一方面，他借机对王昭君施以报复，另一方面也能求得自身安全。可以算得上是"一石二鸟"之计。

皇帝又一次来到了王昭君的住处，仿佛发现珍宝一般，被昭君妩媚丝滑的肌肤深深吸引。这时，一位尚书前来上奏，传达了匈奴王呼韩邪单于的和亲要求。听到这个消息，无论是皇帝，还是昭君，都仿佛遭受了晴天霹雳。当尚书读到"请为了江山社稷、国泰民安仔细斟酌"等话语时，作为一国之君的皇帝内心十分沉重。面对强悍的单于，他就不得不放下儿女私情了。王昭君也感叹恩爱难断，但为了国家大义，也不得不与祖国的山水永别了。王昭君离开汉地的期限十分紧迫，出发就在第二天。皇帝约定送昭君至灞桥。（以上是该戏的第二折）

灞桥下河水悲怆地流淌不息，热闹的胡琴之音逐渐逼近，催促着昭君的胡地之行。按照约定，皇帝也来到此处依依惜别。脱掉汉服的王昭君，现在作为胡人之妻，浑身上下都是异族装扮。她骑在马背上，即将开始向北的行程。送行者与被送行者的身影逐渐变小，逐渐消失。王昭君已是孤身一人，独自开始了前往他乡的孤独、无助之旅。

就这样，眼前的景致渐渐开始有别于汉地，风物告知她已经来到了胡地。王昭君问："这是哪里？"旁边的使臣回答道："已经到汉土与胡地的边界了。"王昭君似乎已经感觉到了呼韩邪单于的殷切期待。此时此刻，昭君也下定了决心。她乞求单于，向着南方的大地洒下酒，表示对汉地的永别之意。"皇帝，我此生已尽，来世再见。"一边唱着一边纵身投江。单于惊呆于这突如其来的一幕，静静地思考了原委。他意识到自己这是中了毛延寿的奸计，决心一定要杀掉这个奸贼，除去后患。（以上是该戏的第三折）

离别了王昭君，皇帝的生活十分凄凉惨淡，仿佛到了冬天。一个寂寞的夜晚，灯芯微弱，炉子里的香烛也快灭了。"拿着香，点燃炉火吧！"皇帝命令道。看到香烟再次冉冉升起，又回想起离人的身影。带着思慕，皇帝渐渐进入梦乡，梦中看见昭君回来，一下子惊醒了。天色已近拂晓，天上传来大雁的声音。雁鸣，自古以来就与楚歌、《阳关曲》一样，让人感伤。

"啊，大雁懂我心。"皇帝小声嘀咕道，看着从北向南飞的一行大雁，默想着胡地的光景。大雁在皇帝的头上哀鸣了四声。

尚书令前来参见。根据尚书令的报告，得知奸人毛延寿从胡地被送回，以及王昭君的凄惨之死。（以上是该戏的第四折）

《汉宫秋》描述的王昭君的故事大致就是如此。《西京杂记》以来，马致远讲述的王昭君的故事是最为出色的。但历史上王昭君的真实经历，其实与马致远戏曲中描述的是不太一样的。

有关王昭君的真实经历，在《汉书·匈奴传》中有记载。说是正史，虽然也不会人人皆信之，但与所谓的经艺术加工的民间流传的故事相比，从少有修辞润色这一点来看，真实性更高。不过王昭君的真实经历，与其传说故事比起来，反倒平淡无奇。

王昭君名嫱，湖北古荆州秭归县（今湖北宜昌）人。据史书，应单于的要求，汉元帝选出昭君出塞，这其中也并没有什么阴谋诡计。昭君在匈奴领地时，作为单于的妻子，称为阏（yān）氏（zhī）。王昭君从汉朝后宫被选出来，远嫁匈奴而成为阏氏，并在匈奴生下两个女儿。单于死后，前阏氏之子成了新单于，又把昭君娶作自己的妻子。老单于死后，昭君带着能重新回到汉朝的希望，曾经向皇帝上书。但当时的汉成帝没有允许，让她遵从匈奴前主的妻妾继续做新主妻妾的习俗。因此，昭君再次成了新单于的阏氏，后来又生了两个女儿。王昭君就一直生活在匈奴，直到老年在胡地寿终正寝。

王昭君真实的一生十分朴素而平凡，完全缺乏浪漫的情趣。那么，后来到底是怎样演变成哀婉的故事，又被很多诗人作为题材来创作的呢？

看看世间流传的各种王昭君的故事，我首先注意到的，就是其中隐含了许多民间传说的元素。比如，实际上貌美的王昭君，被宣传成了丑女，可以说是"灰姑娘"的"变形记"吧。她墓地上青草茂盛这一点，也是从虞姬的血变成虞美人草的故事衍生出来的，与以前希腊神话中水仙花的故事也有异曲同工之处。这些民间传承的元素，又是怎么与王昭君的故事结合在一起的呢？大概是由于王昭君的故事本身也是扎根于民俗的信仰而产生的吧。在中国古代的民俗信仰中，异民族的女性是"稀有人种"。人们坚信，来自幸福国度的女性，能够给百姓带来丰盛的食物，因此，拥有她就意味着获得新的幸福。匈奴人坚持要与汉朝女性通婚的古老意义，一定也是源于这种信仰吧。我想，这才是王昭君这个故事形成的真正缘由所在。

林语堂与《北京好日》 [①]

　　林语堂为日本读者所了解，是从《吾国与吾民》[②]被译成日文并在日本出版开始的。说起林语堂在国际上的知名度，欧美可能更早一些闻名，这主要是因为他的许多作品都是用英文撰写的。的确，他用英语撰写了许多著作。不过，他用汉语写作的作品数量也是惊人的。早些年，他就在《宇宙风》[③]杂志上发表了很多散文随笔。作为出色的散文作家，他与周作人等文豪齐名。比较一下林语堂的英文作品与中文作品，就会发现很多有趣的地方。其中最明显的区

———————————

① 《北京好日》：即《京华烟云》的早期日文译本，作者林语堂，译者佐藤亮一。日本蓉书房于1996年出版。
② 《吾国与吾民》：林语堂的一部散文集。在该著作中作者以冷静犀利的视角剖析了中国这个民族的精神与特质，向西方展示了一个真实而丰富的民族形象。
③ 《宇宙风》：文艺期刊，1935年9月在上海创刊，林语堂等主编。初为半月刊，后改为旬刊。抗战时期曾在广州、重庆等地出版，是继《论语》《人世间》之后出现的资产阶级文艺刊物，1947年停刊。

别就是，比起他的英文作品来，用中文写作的文章，色调显得灰暗且内容平淡。当然，这与汉语、英语两种不同语言本身的差异有关系。此外，他用中文和英文写作时，在精神方面的准备也是不一样的。也许，在用中文写作时，他心里想的是自己面对的是一群中国读者；而在用英语写作时，他明确地意识到自己面对的读者群体除了中国的读者，还有外国的读者。

前几年，在美国获欧亨利奖的作家斯泰格纳教授来访之际，我询问过他对于林语堂英语的看法。当时，斯泰格纳教授告诉我，他十分欣赏林语堂能够非常自如地运用英语进行写作，他的英语优秀且极具魅力。毋庸置疑，他能够拥有众多英语国家的读者，就是因为他具备了别人无法企及的独特潜质与魅力。

正如前面所说，林语堂具有使用汉、英两种语言写作的能力。但有趣的是，他在写小说的时候，一般选用的是英文。我想，他这样做可能是出于以下两个方面的考虑：一方面是考虑到书籍的销路问题。使用英文写作的作品，能够满足更多的读者。另一方面应该是他自身的原因，也许，对于他来说，使用英文写作更加方便流畅吧。比如，从他的《吾国与吾民》一书就能够看出，他虽然是个著名的散文作家，但浑身都散发着故事讲述人的灵光。也许他隐约感觉到了自身在中文表现力方面的某种局限性，而在小说的创作过程中，他的这种局限性或许会更大。总之，他始终坚持用英文写小说，主要的缘由大概就在于此吧。

关于《北京好日》这部小说的写作情况，林语堂的女儿林如斯这样说道：1938年春天，在终止了翻译《红楼梦》的计划后，父亲在巴黎开始撰写这部小说。1939年8月完稿。

如此大作，仅仅用时一年多就成稿，真是令人惊叹。何况当时还在翻译《红楼梦》。

通读《北京好日》，我们会发现，这部小说中的许多人物在性格方面似乎都带有《红楼梦》当中的特征。这可以说明，《红楼梦》这部小说对《北京好日》的影响之深。可以说，《北京好日》沿袭了正统的中国式小说创作的传统，将家庭问题的描写贯穿于小说始终。

不用说，明代小说《金瓶梅》对于《红楼梦》的影响是很深的，这种深刻的影响可以理解为：个人的命运往往是与家族的命运紧密相连的。

中国自古以来，个人是作为家族的一员而存在的，一旦离开了家族这个大的舞台，个人的作用也就无从考量。《金瓶梅》也好，《红楼梦》也罢，它们的悲剧色彩就是在这样的背景下产生的。在《红楼梦》的人物身上，我们能看到许多《金瓶梅》中人物的影子。

林语堂在《北京好日》一书中，描写了在家庭羁绊下的一众人物动摇、感伤、彷徨的命运。从时间跨度上看，这部作品讲述了四十余年的社会变迁，历经了义和团运动、戊戌变法、辛亥革命、五四运动、"九一八"事变、抗日战争等，几乎跨越了半个世纪的波澜起伏。这期间的家庭变故，自然也左右着个人的命运。描写时代变迁中家庭动荡、个人颠沛流离的小说，在日本也有很多。只是，在日本的这类小说作品中，家庭是处于从属地位的，而个人处于主导地位。当然我们又不得不承认，家庭的变故才是导致个人颠沛流离的导火索或主要因素。然而，在《北京好日》当中，家庭是一个包括个人在内的庞大的群体，家庭的动荡与个人命运的变故，很难说哪个是主、哪个是次。这也就是说，作为个人，是无法从家庭中剥离出去的，因为那是以深刻的血脉关系为纽带的一种亲情的构成。我想，这才是更具中国特色的，承袭了正宗的中国小说体系的一种表现手法。林语堂在念念不忘《红楼梦》的过程中起草完成的这部《北京好日》，不能不说是与之有着密切关联的。

　　林如斯指出，《北京好日》这部作品受到了庄子的影响。特别是在第一部《道家的女儿们》、第二部《庭院的悲剧》、第三部《秋之歌》当中，庄子生死轮回的思想深深地渗透其间。我们若是仔细想想，所谓庄子的思想，不就是中国人寻求安逸的一种思维方式吗？林语堂通过这部作品，把中国人寻求安逸的思维方式介绍给了西方人，并且是用英文来写就的，想必是别有用意的。庄子的思想并不深奥，对于读者特别是对于西方读者来说，应该能引起共鸣吧。其实，我们仅从表面来看，也能感受到庄子的思想与西方的价值观很相近。这对于当代的日本读者来说，也是完全能够理解与接受的。

　　这部长篇小说虽是是用英文写成的，但它借鉴的是我们所熟悉的《水浒传》《三国演义》等中国古典小说的写作手法。其中人物的聚散离合、故事的推移发展等描写，并非是当时流行的写作方式。它似乎将读者带入了与近代小说相隔着几个世纪的章回体小说的世界之中。我们绝不可以忽视中国小说那种根深蒂固的表达方式。将这种小说简单地视为当今流行的"抵抗文学"①，实际上是十分愚蠢的。这部小说就历史与人生的许多问题留下了思考的空间。它告诉人们，近代中国经历了多少曲折苦难，在这个漫长的过程中，这里

---

① "抵抗文学"：朝鲜在日本帝国主义统治的36年间形成的一种文学流派。朝鲜的抵抗文学由于受日本帝国主义的镇压，没能蓬勃发展，优秀的抵抗文学作品也为数不多。

的人们又是如何生存的。

译者在翻译《北京好日》之际，也参照了汉译版《京华烟云》[①]，许多名词直接引用了这本书的译法，也避免了徒劳无果的独自摸索。然而，有位愚昧的汉语老师，曾经指责译文与林语堂的原文不能吻合。

我们的译者功劳不浅，这种指责非常可笑。如果今后林语堂的作品有更多汉译版本的话，当我们开展日文版翻译时，一定会获得很多的便利。

阅读《北京好日》，每每读到"暴风雨中摇曳的树叶"一节时，都会耐不住连连发出赞叹。通过阅读林语堂的《北京好日》与《京华烟云》中日两个版本，我们能够真实地了解林语堂的人生观。

译者居住在北京，深深地喜爱北京，怀着浓厚的"北京情结"。因而能够更好地理解《北京好日》这部作品的背景与氛围，能够理解中国人的历史情感。希望读者诸位在阅读该书时，不要忘记这是一部出自汉语、英语大师之手的具有独特风格的译著。

---

① 《京华烟云》原著用英文写就，书名为 *Moment in Peking*，1939 年发布首版英文版。后翻译成中文，书名译为《京华烟云》。也有译本译为《瞬息京华》。

王次回与他的作品

　　王次回，名彦泓，"次回"是他的字，出生于金坛县（今属江苏常州）。安逸恬静的黄昏时分，眼前是一派"月痕和水帘前湿"的光景，就连那悠悠传来的金山寺的钟声，也似乎显得有些慵懒疲惫。春日的早晨，在那"凉棚艇子出城多"的处所，恰是一片环绕着流水与寺院的古老而静寂的土地。闻名遐迩的焦山、北固山，都是紧挨着他家附近的风景名胜。他的出生时间已经无从考据，但根据他的著作《疑雨集》卷四的跋文可以判断出，他是在崇祯十五年（1642）六月十八日与世长辞的。那年他恰巧五十岁。他最初的作品发表于万历四十三年（1615），那年他二十三岁。由此推算，他的出生时间应该是万历二十一年（1593）。在他的一生中，用于诗词创作的时间只有二十八年。他是活跃在明末清初诗坛上的一颗耀眼而又奇异的星，但由于他的一生过于孤寂，所以，至多也就算是一颗"孤星"吧。

《疑雨》《疑云》二集各四卷，这大概就是王次回遗世的全部作品吧。可是，那时他好像并没有打算编撰自己的诗集。在他看来，诗这个东西，原本只是好友之间，或者与妓院的女人之间即兴交游的玩意。也许是后人借用"楚襄王"和"巫山云雨"的典故，而替他起了诗集的名字吧。他生前任职松江府训导，是个微不足道的小官。即便如此，他也有《疑雨》《疑云》二集遗世，并且在中国的诗坛上享有盛名。他用典丽精工的诗情，化解自己的功名情结；他用沉博绝丽的诗情，寄托美好的精神向往；他用深情绵邈的诗情，抚慰自己在科举路上饱受折磨的心灵。每每想到这些，我就禁不住想起清代诗人袁枚"苔花如米小，也学牡丹开"的诗句，感觉到王次回虽然没有多么显赫的诗名，不也如同呼吸在幽深山谷中的苔花，清新而又自然吗？

　　朱迪特·戈蒂埃[1]在她的译作《碧玉诗集》的序言中写道："中国的诗所具有的魅力与独特性，是与中国的象形文字密切关联的。那些方块字，首先就给了读者一种整体的朦胧享受。恰如森林、溪流、月光等诸多物象，都幻化成了一种虚幻的状态。诗虽未读，人却先已陶醉在了诗的境界之中。"我以为，她的这番话，既是对中国诗作的总体评价，更是对王次回作品最恰当的赞美。也就是说，王次回对大自然的那种敏锐的感悟，他诗作中所散发的乡土气息，还有那种至纯的诗情，都充分体现了他作为诗人的独特性，表现了他与大自然亲密无间的协调与融合。作为以汉字为写作工具的抒情诗人，

---

① 朱迪特·戈蒂埃（1845—1917）：法国诗人、历史小说家。她是一名东方学者，她的作品题材多为中国与日本。

王次回是极成功的例子之一。

　　王次回的诗作，在历史上被认为是"以香奁艳体盛传吴下"。我们可以理解为，在中国古代，王次回的诗作是继韩偓之后艳体诗的集大成者。而韩偓诗作的风格，又可以追溯到《玉台新咏》①这部古老的诗作总集。人们就是按照这样的传承体系，将他们二人归结在了一起。这样一来，人们就自然而然地认为，王次回的诗作与韩偓的《香奁集》②是一脉相承的，甚至说，王次回的艳体诗是《香奁集》的模仿之作。是的，王次回的诗作，不管在题材方面还是诗的风格方面，都能看到韩偓的影子。他本人也曾写过一些与韩偓唱和的诗作。可是，如果单凭这些表象，就说王次回是韩偓的模仿者，且由此评判王次回的作品不如韩偓，大概只能算是一种短见或愚见罢。我们若是翻开《疑雨集》与《香奁集》细细阅读，就会发现二人的作品其实是有许多不同之处的。

　　王次回也好，韩偓也好，他们常常陷入"情愁"的境地不能自拔，在这一点上他们确有相似之处。可是，我们要是仔细观察他们二人在"情愁"当中所持的态度的话，就会发现其中有很大的差别。韩偓是为这种"情愁"所蛊惑、所陶醉，放纵自我，最终以致身心俱疲。他就如同焰火，在忘我地绽放的同时，也就绚烂地燃尽了自己。若是用他自己的诗作来形容的话，就是"忆眠时，春梦困腾腾。展转不能起，玉钗垂枕棱"。对于他来说，生活中所有形形色色的矛

---

① 《玉台新咏》：南朝梁时期的诗歌总集，由徐陵作序，张丽华辑成。共收汉代至梁代共 690 首诗，以绮艳的宫体诗为主。
② 《香奁集》：普遍认为是韩偓所作的诗集，诗风绮艳，充满缠绵浪漫的色彩。

盾与不顺，最终都仿佛变成了孔雀身上璀璨的花纹，开放在瑰丽夺目的尾翼之上。"情愁"悠悠，他且将自己沦落在那"情愁"与"寂寞"之中，在虚幻梦境里陶然自得。换言之，陶醉是他的一切，而这一切又全然寄托在了他的诗篇之中。从中，我们可以清楚地认清他作为诗人的真实人格。他的言辞，恰似溢满夜空的月光与徐徐而来的清风，缥缈在虚无之中。或者说，他的"情愁"，就像飘忽不定的云彩，全都展现在他烦恼、困惑以及忘我的世界里。

那么，再来看看王次回。他与韩偓在感情色彩方面有着非常大的差别。从王次回的诗作中可以看到，他的感情生活，是以他本人以及他的"情愁"为原点而向四周放射的。然后，他又将自己生活中的怨恨、惭愧与忧愁，回流到了自己的"情愁"之中。就像从池塘中心激起的潋滟波纹，在击打过堤岸之后，又再度向池塘的中央游走。诗人的"情愁"，伴随着他那颗病弱的灵魂，慨叹自己瘦弱的身影。诗人在静静地凝望自己，深感自己的弱小与孤独，而暗自垂泪。就像面对着一个个相继破灭的巨大泡沫，他唯有不停地哀叹与祈愿。而那些冷艳素香的诗作，对于他来说，恰恰是他高贵内心世界的记录。

强欢

悲来填臆强为欢，不觉花前有泪弹。
阅世已知寒暖变，逢人真觉笑啼难。
诗堪当哭狂何惜，酒果排愁病也拼。
无限伤心倚棠树，东南枝下独盘桓。

《疑雨》《疑云》二集，都表达了王次回作为诗人的那种纯粹的"殉情"态度。并且，他的这种"殉情"的态度，从青年时代到中年，再到晚年，就像芦苇的根芽，常发常新。诚然，他的爱抚就像烟雾一般宁静淡泊，又如嫩草伸出的芽叶般平凡无奇，不过，在他的青年时期，也就是二十三岁至三十岁前后这个时期，也写过一批张扬个性的诗作。有时，深夜热闹的街景会跃动他那颗年轻的心，"踏月天街艳步狂"。有时，他在都城的街头，聆听着歌妓们吹奏洞箫的苍凉的声音，也会激起他内心的感伤，"一时凄切想离群"。王次回在二十三岁与二十六岁的时候，曾经两次游历苏州。他描写枫桥的景色与横塘的风光，有感而发作了《有所窥》《瞥见》《燕》等诗篇，无疑都有着浓厚的《香奁集》的痕迹。但是，他在《睡起》一诗中所抒发的"晚花疏更好，秋鸟静堪怜"的心情，足以显示他的个性，这可以说是他这个时期最具灵性的作品。从二十六七岁到三十岁前后，是他创作的贫乏期。我猜想，他与直至晚年都相交密切的朋友端己、弢仲的相知相识，应该就在这个时期。其实，他的交友范围很狭窄，能够列举出来的，大概也就只有叔冽、唐云客、孝先、弢仲、端己等几个人。不过，他们之间的交往倒是很融洽，大家常常相聚在一起尽情地弄韵唱和，也常常相约去妓院彻夜饮酒作乐。有时，他们会一起去距离城南五里的禅寺龙山精舍，在佛像前静坐冥思。他曾写过"满山新叶绿初肥"的诗句，记录当时感慨的心情。他的朋友当中有个叫唐云客的，特别喜爱阳羡山①僻静的环境，于是避进山中用功读书。他还携了一个在妓院相熟的女子一

---

①　阳羡山：位于江苏宜兴境内，有"江南花果山"之美称。

同隐居，别出心裁地给这个妓女起了个法号叫"妙音尼"。所以，与其说他是喜欢山中的隐居生活，倒不如说是更钟情于龙山的浪漫艳情吧。王次回也经常来此盘桓，而且一住就是数日。那是一处"门对流泉屋枕山"的去处，十分清幽安闲。我想，或许那里是他创作构思的绝妙境地吧。

度过创作的贫乏期，进入中年之后，王次回的诗境豁然开朗。他仿佛终于寻找到了自己，寻找到了那种完全属于他自己的诗的境界。与他青年时期那种朦胧的憧憬相比，中年时期的诗作，似乎已经寻找到了与这个世界和睦相处的真谛。这个时期，他常常将自己的"妓院情怀"表现在诗作之中。纵使那时，他是"花气依微露气浓，窄衫轻鬓夜堂逢"，但还是"画扇故遮欢后眼"，没有忘记静观自己的内心世界。当然，这里也隐含着他作为一个官场小吏，必然会遭遇到的各种矛盾与不顺。对于他来说，这种静观自我所感受到的人间百态，都无奈地转化成了逆来顺受。所谓的无奈，说到底无非就是一种悲情罢。然而，正是这样的所谓"悲情"，才成就了他这样一位优秀诗人。例如，"一片幽香冷处浓"的诗句，就披露了他心底里哀艳至极的一种悲情。

崇祯元年（1628），王次回失去了爱妻。妻子患的是肺病，那年他正好是三十六岁。在过去共同生活的十二年里，妻子的陪伴，曾经给过他多少温暖与安慰。他虽然荒淫酗酒，但出于诗人的细腻情感，依然是忠实于妻子的。而他敏感的妻子，以一个女人的聪慧，总是设法慰藉诗人孤寂的情怀。初春时节，他妻子的病情加重。那些放置在病房中的龙脑、麝香之类的香料，对她的病肺有强烈的刺激。就连以白锡、银箔及水银为原料的"镇经疗法"，也都宣告无效。她的神经已经变得像水一样冰凉。王次回说，即使已经病入膏肓，妻子也恪守妇道，十分谦和。他在诗中写道："瘦质浑成笋一竿，隔衾犹自见巑岏。"妻子很快就辞世西归。他在九月十八日为妻子送葬出殡。之后，他常常写诗悼念亡妻，相继写出了《悲遣十三章》《过妇家有感》《杂悲三首》《个人二首》《短别纪言》《再赋个人》《灯夕悼感》等诗篇。妻子的辞世，对于王次回来说，无疑是一件悲痛欲绝的伤心事，而对于他的诗作来说，则不失为一个重要的转机。或者说，此时此刻，当他凝视这个世界的时候，心底的那份静谧和纯净，似乎愈加深重。奔放无羁的思念，恰似给他寂寥的心田打开了一扇观照的窗户。王次回那种带着细微颤抖的桃色悲情，逐渐转向了苍白的热情。苦恼与妄念只表现在他的眉宇之间，而唇边总挂着微微笑意。从而，读者能够真实地感受到他的"情愁"。当然，他那种常常双眼湿润、独自哀叹的"情愁"并没有什么实质性的变化，只是那种叹息的样态似乎不同于以往。如何坦然地面对自己的心理障碍，对于他来说，恐怕才是最为痛苦的事情。为此，他曾经写下"思量却被欢情误"这样的诗句。每逢此时，王次回除了在现世的照射下，悲情地欣赏自己内心深处的那道彩虹之外，似乎已经别无选择。他的诗情，就如同飘浮在空中细碎的雪粒一般，呈现出一派迷茫的色彩。

照例，每年正月十五的元宵节，江南都要举办灯会。王次回特别钟情于这种具有乡土气味的祭祀活动。中年以后，他比年轻时更加喜欢这个流光溢彩的夜晚。年轻男人们玩耍的麒麟灯、龙灯、滚灯等各色彩灯，满街舞动。寒风凛冽的河面上，舟船的桅杆上也是

175

彩灯闪烁。郊外的田野上，到处高挂着"望田灯"①。就在他失去爱妻后的第二年，元宵节又来临了。身在热闹非凡的这个夜晚，他感慨万端地写下了诗篇《灯夜记言》。

他漫步在桥头，看到画舫上的灯光映照在水面上。这是一个特别寒冷的元宵之夜。回想起来，去年的元宵夜是个雪花飘飘的夜晚，苍茫的莹雪飞舞在空中，似乎萦绕着诗人的心……突然间，他在熙熙攘攘的人群中看到了一位少女。这位少女脚上穿着一双红缎子鞋，她迈着细碎的小步，快速地滑过冰冻的路面，穿过人群，走进了一家绿篱丛生的门楼。这家门楼连接着一道古老的土墙，而在土墙的上方，则是伸展着长长枝条的杏树。土墙的后面是一条小径，将"红缎鞋"引到了白雪皑皑的池塘边。清冷的街巷之中，已是更深人静，女眷们都已熄灭了烛火回房安寝。银色的池塘边，一对恋人正在喁喁私语……转眼间冬去春来，城里的击鼓声，每天都那么慵懒地回荡在人们的耳畔。在某条街的某扇窗户里，他突然看到了在那个寒冷的元宵之夜曾经见到的脚穿红缎鞋的少女。只见她梳理齐整的秀发之下，一双大眼睛顾盼生辉，似乎正在大街上寻找着什么……

以上，是王次回《灯夜记言》十一首组诗所讲述的故事。要是将这组诗作与他二十五岁时所作的《灯宵记事》四首相比较的话，可以看到，在情感的真实性方面，两者有着较大差异。后者充其量只是来自诗人"感觉世界"的一种情感喷涌，而前者则是在尽力控制"感觉世界"与"情感"之间的微妙转换，进而寻求更为精准的

---

① "望田灯"：元宵节的晚上，农民用长竹挑灯，照亮耕地四隅，祈祷来年丰收，称"望田灯"。这种风俗寄托了农民祈求风调雨顺、五谷丰登的美好愿望。

诗情的聚焦点。换句话说，就是青年时代尽情讴歌自身暴风雨般的情感，但随着年龄的增长，逐渐开始注重描写"暴风雨"前后的情感变化。若是将诗人的悲寂心情比作庭院中生长的树木的话，那么，他会描绘暴风雨来临之前树的枝叶是怎样随风微微地摇动，而当激烈的暴风雨过后，树木又是怎样一派落叶萧萧的场景。

無緒

繁华白日怯登临，宴坐焚香午院深。

中酒心情频起卧，酿花天气乱晴阴。

怀人瞥见难重觅，得句随忘懒更寻。

空奇石榴双叶子，隔帘消息正沉沉。

和端己韵

游丝摇曳燕飞翔，漾絮浮花正满塘。

髻样翻新应爱短，情函道旧不嫌长。

离魂路有云千叠，隔泪人如水一方。

最是不堪情味处，残春时节更残阳。

他壮年时期就已体弱多病，所以，平时除了写一些卧病感受的诗作外，也会写一些闲坐的诗句，偶尔还会抒发一下三伏天里对坐幽窗、借风纳凉的舒适心情。王次回诗作的一个显著特点，就是有一种只属于他的"季节趣味"。我想，那大概是大自然投射在他羸弱躯体上的影子过于鲜明的缘故吧。当然，他眼里的大自然，又多带着不堪"情愁"的幽怨。

悄无声息的梳妆台边的窗口，那淅淅沥沥的秋雨声，村戏散场后那万籁俱寂的空野地，夜幕中默然缓行的月亮的光晕……一切的一切，都恰如暮云暖靉，摇曳在和缓的清风之中，这就是王次回的"情愁"。我们在韩偓的《香奁集》中所见到的，都是健硕但疲惫的"情愁"；但王次回所表达的，是那种病态的、情感扭曲的"情愁"，始终带着与他那病弱的躯体密切相关的阴影。我想用一句话来概括他们二人"情愁"的不同之处，那就是，韩偓的"情愁"就像一阵狂风，把他情感的风暴刮过来又刮过去；王次回则不同，他的"情愁"是一点点渗漏出来的。若是再用天气来打一个比方的话，那他们二人，一个是晴朗的，一个则是微湿的。前面我在论述他们二人"情愁"不同点的时候，曾经说到他们各自都拥有一个属于自己的"情愁"世界，同时我还谈到，他们的"情愁"在本质上是决然相反的。我想，这一点正是值得我们关注的。他曾经在诗中写道："病肺未能疏酒盏，诗肠无奈近香奁。"从他类似的诗句中，我们完全能够理解，作为一个诗人，他是怎样在病弱的躯体与诗意的境界之间长期挣扎的。

　　不知不觉间，王次回已经四十多岁，走过了人生的一半路程。而在他的心中，却始终充斥着如同迷失在阴暗的森林里一般的悲伤。正如他在与阿姚、阿琐①这样的窈窕佳人寻欢作乐后写下的《续游十二首》："清月照人香雾里，凭谁为写夜游图。"寂寞无聊的心绪昭然若揭。他作为一个风流人士，也曾在江南花影扶疏的绿窗之下狎妓欢饮。然而，在他那颗痴情的心里，剩下的大概也就是残灰余

---

① 阿姚、阿琐：与王次回交游的妓女名字。

烬了吧。也许，他的这些举止，只是出于一个鳏夫无以排遣的寂寞忧伤。偶尔为之，却又招惹得自己满腹情绪灰暗。

他曾经数度目睹人世间的悲剧，精神备受打击与重创。他曾经亲眼看到邻里的一个女子自缢身亡。那个女子半夜起床，悄悄地在衣襟上戴上花，梳理好头发，挽了发髻，涂抹了唇膏……打理停当，又系上润州①产的大红颜色的腰带，然后就从容不迫地结束了自己的生命。这个女子的遗体，脸色光艳皎洁，媚眼微睁，看上去与活着的时候并没有什么区别。当时正值春天，正是"春眠不觉晓"的季节，谁也想不到她会自缢身亡。后来，人们向房东的老妪打听缘由，也没有一个明确的说法。此外，他还遇见一个出生于真州②的绝色妓女，因为住所旁边恰巧有一棵高大的桂花树，便起名"桂卿"。桂卿美貌如花，却在石榴花开的时候开始患病，待到秋风起时就病殒而去了。

如此这般的人间悲剧，不断地在眼前上演。这样的悲情，弄得王次回心情愈加沉郁。于是，他就只能选择在闲寂中打发时光。而当一个人深陷在郁闷之中的时候，这样的闲寂又愈加显得漫长，愈加难以打发。晚年的他安居闲适，并且努力从心理上协调好自己的意欲与情欲。人们看到的，依然是那个对生命怀着深切祈愿却又孤独寂寞的诗人的影子。

---

① 润州：隋朝时建制的州，今江苏镇江。
② 真州：北宋时设置的州，今江苏仪征。

无题

静掩秋窗雨思清，香烟侧畔坐卿卿。

钗头白玉休频嗅，袖底黄柑与试烹。

睡起未填眉黛破，茶来初放剪刀轻。

帘前新布红油板，时度琤琤响履声。

在辞世前一年写的《买妾词》，是他晚年诗作中难得的轻快之作。但是，我们要是静下心来，认真思考一下诗人的心路历程，就会发现，促使他风尘仆仆赶往"新街东北旧城南"的，到底是怎样一种落寞惆怅，又是怎样催人泪下的一种情形？自万历至崇祯年间，诗坛上虽然出现过许多名家，如高攀龙、陈子龙、吴伟业、钱谦益等，可是，离群索居，另辟蹊径者，唯有痴情诗人王次回。崇祯十五年（1642）六月十八日夜，诗人王次回在仅有的几个朋友的守护下，安然寿终正寝。

图书在版编目（CIP）数据

趣谈中国文学经典 ／〔日〕奥野信太郎著；王新民，
梁玥译 . —上海：上海三联书店，2020.9
（洋眼看中国）
ISBN 978-7-5426-7120-2

Ⅰ . ①趣… Ⅱ . ①奥… ②王… ③梁… Ⅲ . ①中国文
学—文学研究 Ⅳ . ① I206

中国版本图书馆 CIP 数据核字（2020）第 136381 号

趣谈中国文学经典

著　　者／	〔日〕奥野信太郎
译　　者／	王新民　梁　玥
责任编辑／	程　力
特约编辑／	蔡时真
装帧设计／	鹏飞艺术　周　丹
监　　制／	姚　军
出版发行／	上海三联书店

（200030）中国上海市漕溪北路 331 号 A 座 6 楼

印　　刷／	北京天恒嘉业印刷有限公司
版　　次／	2020 年 9 月第 1 版
印　　次／	2020 年 9 月第 1 次印刷
开　　本／	640×960　　1/16
字　　数／	108 千字
印　　张／	12

ISBN 978-7-5426-7120-2/I・1650

定　价：42.80元